岩波文庫

31-186-3

釈迢空歌集

折口信夫作
富岡多惠子編

岩波書店

目次

海やまのあひだ　七
春のことぶれ　七九
水の上　一三九
遠やまひこ　一六五
天地に宣る　一九五

倭をぐな　二一一

短歌拾遺　二八七

折口信夫略年譜　二九五

解　説（富岡多恵子）　三〇五

初句索引　三一三

釈迢空歌集

海やまのあひだ

一九二五（大正十四）年五月三十日、改造社発行（『現代代表短歌叢書 第五篇』）。四六判。函入り。二七六頁。

一九〇四年（中学時代）から二五年までの作品六九一首を収録。

大正十四年

この集を、まづ与へむと思ふ子あるに、

かの子らや　われに知られぬ妻とりて、生きのひそけさに　わびつゝをゐむ

大正十三年

島　山

葛《クズ》の花　踏みしだかれて、色あたらし。この山道を行きし人あり

谷々に、家居《イヘヰ》ちりぼひ　ひそけさよ。山の木《コ》の間に息づく。われは

山岸に、昼を　地虫《ヂムシ》の鳴き満ちて、このしづけさに　身はつかれたり

山の際《マ》の空ひた曇る　さびしさよ。四方《ヨモ》の木《コ》むらは　音たえにけり

この島に、われを見知れる人はあらず。やすしと思ふあゆみの　さびしさ

わがあとに　歩みゆるべずつゞき来る子にもの言へば、恥ぢてこたへず

ひとりある心ゆるびに、島山のさやけきに向きて、息つきにけり

ゆき行きて、ひそけさあまる山路かな。ひとりごゝろは　もの言ひにけり

もの言はぬ日かさなれり。稀《マレ》に言ふことばつたなく　足らふ心

いきどほる心すべなし。手にすゑて、蟹《カニ》のはさみを　もぎはなちたり

沢の道に、こゝだ逃げ散る蟹のむれ　踏みつぶしつゝ、心むなしもよ

いまだ　わが　ものに寂しむさがやまず。沖の小島にひとり遊びて

蜑《アマ》の家　隣りすくなみあひむつみ、湯をたてにけり。荒磯《アライソ》のうへに

ゆくりなく訪ひしわれゆゑ、山の家の雛の親鳥は、くびられにけむ

鶏の子の　ひろき屋庭《ヤニハ》に出でゐるが、夕焼けどきを過ぎて　さびしも

蜑《アマ》の村

網曳《アビ》きする村を見おろす阪のうへ　にぎはしくして、さびしくありけり

磯村へますぐにさがる　山みちに、心ひもじく　波の色を見つ

すこやかに網曳きはたらく蜑の子に、言はむことばもなきが　さぶしさ

蜑をのこ　あびき張る脚すね長に、あかき褌《ヘコ》高く、ゆひ固めたり

あわびとる蜑のをとこの赤きへこ　目にしむ色か。浪がくれつゝ

蜑の子のかづき苦しみ　吐ける息を、旅にし聞けば、かそけくありけり

行きずりの旅と、われ思ふ。蜑びとの素肌のにほひ　まさびしくあり

赤ふどしのまあたらしさよ。わかければ、この蜑の子も、ものを思へり

蜑の子や　あかきそびらの盛り肉《ジヽ》の、もり膨《フク》れつゝ、舟漕ぎにけり

あぢきなく　旅やつゞけむ。蜑が子の心生きつゝはたらく　見れば

蜑をのこのふるまひ見れば　さびしさよ。脛《ハギ》長々と　砂のうへに居り

船べりに浮きて息づく　蜑が子の青き瞳は、われを見にけり

蜑の子のむれにまじりて経なむと思ふ　はかなごゝろを　叱り居にけり

山

若松のみどりいきる丶山はらに、わが足おとの　いともかそけさ

目のかぎり　若松山の日のさかり　遠峰《トホミネ》の間の空のまさ青《ヲ》さ

田向ひに、黒檜《クロビ》たち繁《シ》む山の崎　ゆたになだれて、雨あるに似たり

気多《ケタ》川

きはまりて　ものさびしき時すぎて、麦うらしひとつ　鳴き出でにけり

麦うらしの声　ひさしくなきつげり。ひとつところの、をぐらくなれり

むぎうらし　ひとつ鳴き居し声たえて、ふた丶びは鳴かず。山の寂けさ

ふるき人　みなから我をそむきけむ　身のさびしさよ。むぎうらし鳴く

「麦うらし」は、早蟬。鳴いて、麦にみを入れる、と言ふ考へからの名

山中《ヤマナカ》に今日はあひたる　唯ひとりの　をみな　やつれて居たりけるかも

にぎはしく人住みにけり。はるかなる木《コ》むらの中ゆ　人わらふ声

これの世は、さびしきかもよ。奥山も、ひとり人住む家は　さねなし

気多川のさやけき見れば、をち方のかじかの声は　しづけかりけり

ひるがほの　いまださびしきいろひかも。朝の間と思ふ日は　照りみてり

あさ茅原《ヂハラ》　つばな輝く日の光り　まほにし見れば、風そよぎけり

家裏に　鳴きつゝうつる鶏の声。茅《カヤ》の家《ヤ》壁《カベ》を風とほり吹く

夜

啼き倦《ウ》みて　声やめぬらし。鴉の止《スマ》へる木は、おぼろになれり
山の霧いや明りつゝ　鴉の　唯ひと声は、大きかりけり
鴉棲《キ》る梢　わかれずなりにけり。山の夜霧はあかるけれども
さ夜ふけと　風はおだやむ。麓《フモト》べの沢のかや原そよぎつゝ聞ゆ
山中《ヤマナカ》は　月のおも昏《クラ》くなりにけり。四方《ヨモ》のいきもの　絶えにけらしも
山深きあかとき闇や。火をすりて、片時見えしわが立ち処《ド》かも

大正十二年

木地屋《キヂヤ》の家

うちわたす　大茅原《オホカヤハラ》となりにけり。茅の葉光る暑き風かも

鳥の声　遥かなるかも。山腹《サンプク》の午後の日ざしは、旅を倦ましむ

高く来て、音なき霧のうごき見つ。木《コ》むらにひゞく　われのしはぶき

篶《スヽ》深き山沢遠き見おろしに、轆轤《ロクロ》音して、家ちひさくあり

沢なかの木地屋の家にゆくわれの　ひそけき歩みは　誰知らめやも

山々をわたりて、人は老いにけり。山のさびしさを　われに聞かせつ

夏やけの苗木の杉の、あか〳〵と　つゞく峰《ヲ》の上《ヘ》ゆ　わがくだり来つ

山びとは、轆轤ひきつゝあやしまず。わがつく息の　大きと息を

誰《タレ》びとに　われ憚《ハヾカ》りて、もの言はむ。かそけき家に、山びとゝをり

沢蟹《サハガニ》をもてあそぶ子に、銭くれて、赤きたなそこを　我は見にけり

わらはべのひとり遊びや。日の昏《ク》るゝ沢のたぎちに、うつゝなくあり

友なしに　あそべる子かも。うち対《ムカ》ふ　山も　父母も、みなもだしたり

戻るとき、よびとめて手にくれたのは、木《キ》ぼっこであつた。木地屋でなくてはつくりさうもない、如何にもてづゝな、親しみのある、童子《ボツコ》といふ名のふさはしい人形である

木ぼっこの目鼻を見れば、けうとさよ。すべなき時に、わが笑ひたり

山道に しばく〵た、ずむ。目にとめて見らく さびしき木ぼっこの顔

山峡《ヤマカヒ》の激《タギ》ちの波のほの明り われを呼ぶ人の声を聞けり

供養塔

数多い馬塚の中に、ま新しい馬頭《バトウ》観音の石塔婆の立つてゐるのは、あはれである。又殆《ホトンド》、峠毎《ゴト》に、旅死《タビジ》にの墓がある。中には、業病の姿を家から隠して、死ぬるまでの旅に出た人のなどもある

人も 馬も 道ゆきつかれ死に、けり。旅寝かさなるほどの かそけさ

道に死ぬる馬は、仏となりにけり。行きとゞまらむ旅ならなくに

邑山《ムラヤマ》の松の木《コ》むらに、日はあたり ひそけきかもよ。旅びとの墓

ひそかなる心をもりて　をはりけむ。命のきはに、言ふこともなく

ゆきつきて　道にたふるゝ生き物のかそけき墓は、草つゝみたり

谷中《ヤナカ》清水町

家ごとを処女《ヲトメ》にあづけ、年深く二階に居れば、もの音もなし

水桶につけたるまゝの菊のたば　夜ふかく見れば、水あげにけり

大正十一年

遠州奥領家《オクリヤウケ》

山ぐちの桜昏《ク》れつゝ　ほの白き道の空には、鳴く鳥も棲《ヰ》ず

灯《ヒ》ともさぬ村を行きたり。山かげの道のあかりは、月あるらしも
道なかは もの音もなし。湯を立つる柴木《シバキ》のけぶり にほひ充ちつゝ
山深く こもりて響く風のおと。夜の久しさを堪へなむと思ふ
山のうへに、かそけく人は住みにけり。道くだり来る心はなごめり
ほがらなる心の人にあひにけり。うや〳〵しさの 息をつきたり
山なかに、悸《イキドホ》りつゝ はかなさよ。遂げむ世知らず ひとりをもれば
山深く われは来にけり。山深き木々のとよみは、音やみにけり

軽《ケイ》塵《ヂン》

人ごとのあわたゞしさよ。闇《チマタ》より立ちうつり行く ほこりさびしも

庭土に、桜の蕊《シベ》のはらゝなり。日なか　さびしきあらしのとよみ

もの言ひの　いきどほろしき隣びとの家うごくもよ。あらしに見れば

春のあらし　静まる町の足《ア》の音を　心したしく聞きにけるかも

春の夜の町音聴けば、人ごとに　むつましげなるもの言ひにけり

心ひく言《コトバ》をきかずなりにけり。うと〳〵しきは、すべなきものぞ

ひとりのみ憤りけり。ほがらかに、あへばすなはち　もの言ふ人

人の言ふことばを聞けば、山川のおもかげたち来ること　多くなれり

人来れば　さびしかりけり。かならず　我をたばかるもの言ひにけり

ほがらに　心たもたむ。人みな　はかなきことを言ひに来にけり

かたくなにまもるひとりを　堪へさせよ。さびしき心　遂げむと思ふに

雪のうへ

雨のゝちに、雪ふりにけり。雪のうへに　沓《クツ》あとつくる我は　ひとりを

十年《トヽセ》あまり七《ナヽ》とせを経つ。たもち難くなり来る心の　さびしくありけり

新しき年のはじめの春駒《ハルゴマ》の　をどりさびしもよ。年さかりたり

道なかに、明りさしたる家稀《マレ》に、起きてもの言ふ声の　静けさ

町中《マチナカ》に、鶏鳴きにけり。空際《ソラギハ》のあかりまされるは、夜深かるらし

犬の子の鳴き寄る声の　死にやすき生きのをに思ふ恋ひは、さびしも

遂げがたき心なりけり。ありさりて、空《ムナ》しとぞ思ふ。雪のうは解け

軒ごもりに　秋の地虫《ヂムシ》の声ならで、つたはり来るは、人鼾《イビ》くらし

うるはしき子の　遊びとよもす家のうちに、心やすけき人となりぬらむ

直面《ヒタオモテ》に　たゝひ満ちたる暗き水。思ひ堪へなむ。ひとりなる心に

水の面《オモ》の暗きうねりの上あかり　はるけき人は、我を死なしめむ

水のおもの深きうねりの　ゆくりなく目を過ぎぬらし。遠びとのかげ

闇夜の　雲のうごきの静かなる　水のおもてを堪へて見にけり

みぎはに、芥《アクタ》焼く人居たりけり。静けき夜《ヨ》らを　恋ひにけるかも

川みづの夜《ヨ》はの明りに　うかびたる木群《コムラ》のうれは、揺れ居るらしも

くら闇に　そよぎ親しきもの丶音。水蘆《ミツアシ》むらは、そがひなりけり

遠《トホ》ぞく夜風の音や。いやさかる思ひすべなく 雨こぼるめり
父母の庭の訓《ヲシ》へにそむかねば、心まさびしき二十年《ハタトセ》を経つ
川波の白く、だくる橋柱《ハシバシラ》の あらはれ来つゝ、人は還らめや
あかり来る橋場《ハシバ》の水に、あかときのあわ雪ふりて、消えにけるかも

大正十年

をとめの島
——琉球——

朝やけのあかりしづまり、ほの暗し。夏ぐれけぶる 島の藪原《ヤブハラ》
「なつぐれ」は、ゆふだちの方言

諸《イモ》づるのすがる、砂は　けぶりたち、洋《ワタ》の朝風　島を吹き越ゆ

洋《ワタ》なかの島に越え来て　ひそかなり。この島人《シマビト》は、知らずやあらむ

地べたから十歩二十歩、深いのになると、四五十歩もおりねばならぬ水汲み場さへ、稀《マレ》ではない。降《ウ》り井《カア》・穴井《アナカア》など、方言では言ふ

をとめ居て、ことばあらそふ声すなり。穴井《アナヰ》の底の　くらき水影《ミツカゲ》

処女《ヲトメ》のかぐろき髪を　あはれと思ふ。穴井の底ゆ、水汲みのぼる

島の井に　水を戴くをとめのころも。その襟《エリ》細き胸は濡れたり

鳴く鳥の声　いちじるくかはりたり。沖縄じまに、我は居りと思ふ

あまたゐる山羊みな鳴きて　喧《カマビス》しきが、ひた寂しもよ。島人の宿に

島をみなの、戻りしあとの静けさや。縁の明りに、しりのかたつけり

かべ茅《カヤ》ゆ洩れゆく煙 ひとりなる心をたもつ。ゆふべ久しく

壁は、茅の葺きおろしである。内地の古語のまゝ、えつりと言うてゐる

目ざめつゝ聴けば、さびしも。壁茅のさやぎは、いまだ夜ぶかくありけり

人の住むところは見えず。荒浜に向きてすわれり。刳《ク》り舟二つ

糸満《イトマン》の家《ヤ》むらに来れば、人はなし。家五つありて、山羊一つなけり

糸満。糸満人を、方言風の言ひ方で、かう言ふ。糸満の町から、一軒二軒五六軒、出れふに来る。寂しい磯ばた・島かげなどに小屋がけして、時を定めて、来ては帰る。一年中の大方は、そこで暮してゐる

夜

下伊那《イナ》の奥、矢矧《ヤハギ》川の峡野《カフチ》に、海《ウミ》と言ふ在所がある。家三軒、皆、県道

に向いて居る。中に、一人の翁がある。何時《イツ》頃からか狂ひ出して、夜でも昼でも、河原に出てゐる。色々の形の石を拾うて来ては、此小名《コナ》の両境に並べて置く。其《ソノ》一つひとつに、知つた限りの聖衆の姿を、観じて居るのだと聞いた。どれを何仏・何大士と思ひ弁《ワカ》つことの出来るのは、其翁ばかりである

ながき夜の　ねむりの後も、なほ夜なる　月おし照れり。河原菅原《カハラスゲハラ》

川原《カハハラ》の樗《アフチ》の隈《クマ》の繁《シ》み〳〵に、夜ごゑの鳥は、い寝あぐむらし

川原田《カハラダ》に住みつゝ曇る月の色　稲の花香《ハナガ》の、よどみたるかも

かの見ゆる丘根《ヲネ》の篶原《スヽハラ》　ひたくだりに、さ夜風おだやむ　月夜のひゞき

をちかたに、水霧《ミナギラ》ひ照る湍《セ》のあかり　龍女《リユウニヨ》のかげ　群れつゝをどる

光る湍の　其処《ソコ》につどはす三世《ミヨ》の仏《ホトケ》　まじらひがたき、現身《ウツソミ》。われは

ひたぶるに月夜《ツクヨ》おし照る河原かも。立たすは　薬師。坐《ヰ》るは　釈迦文尼《シヤカモニ》
湍を過ぎて、淵によどめる波のおも。かそけき音も　なくなりにけり
時ありて　渦波《ウツナミ》おこる淵のおも。何おともなき　そのめぐりはも
うづ波のもなか　穿《ウ》けたり。見る〳〵に　青蓮華《シヤウレングヱ》のはな　咲き出づらし
水底《ミナソコ》に、うつそみの面《オモ》わ　沈《シヅ》透き見ゆ。来む世も、我の　寂しくあらむ
川霧にもろ枝翳《エサ》したる合歓《ネム》のうれ　生きてうごめく　ものあるらしも
合歓の葉の深きねむりは見えねども、うつそみ愛《ヲ》しき　その香《カ》たち来も

大正九年

大阪

風吹きて　岸に飄蕩《カヒロ》ぐ舟のうちに、魚を焼かせて　待ちてわが居り

川風にきしめく舟にあがる波。きえて　復《マタ》来る小き鳥ひとつ

はやりかぜに、死ぬる人多き町に帰り、家をる日かず　久しくなりぬ

ふるさとの町を　いとふと思はねば、人に知られぬ思ひの　かそけさ

ふるさとはさびしかりけり。いさかへる子らの言《コトバ》も、我に似にけり

をり〳〵に　しいづる我のあやまちを、笑ふことなる　家はさびしも

久しくはとまらぬ家に、つゝましく　人ことわりて、こもる日つゞく

兄の子の遊ぶを見れば、円《マル》くゐて　阿波のおつるの話せりけり

いわけなき我を見知りし町びとの、今はおほよそは、亡くなりにけり

みぞれ

よろこびて　さびしくなれり。庭松に　霙《ミゾレ》のそゝぐ時うつりつゝ

国さかり　この二十《ハタ》年《トセ》を見ざりけり。目を見あひつゝあるは　すべなし

をぢなきわらはべにて　我がありしかば、我を愛《カナ》しと言ひし人はも

つぶ〳〵にかたらひ居りて飽かなくに、年深き町のとゞろき聞ゆ

若き時　旅路にありしことおほく　忘れずありけり。われも　わが友も

過ぎにし年をかたらへば、はかなさよ。牀《トコ》の黄菊の　現《ウツ》しくもあらず

酒たしむ人になりたる友の顔　いまだわかみと　言《コト》に出でゝほめつ

宵あさく　霙あがりし闇のそら　なほ雪あると　言ひにけるかも

あはずありし時の思ひあり。夜の街　小路《コウヂ》のあかり、大路にとゞく

雨のゝち　あかりとぼしきぬかり道に、心たゆみのしるきをおぼゆ

星満ちて　霜気《シモゲ》霽《ハ》れたる空闊《ヒロ》し。値《ア》ひがたき世に　あふこともあらむ

行きとほる　家並《ヤナ》みのほかげ明《アカ》ければ、人いりこぞる家　多く見ゆ

夜の町に、室《ムロ》の花うるわらはべの　その手かじけて、花たばね居り

道なかに　花売れりけり。別れ来し心つゝしみに　花もとめたり

過ぐる日は、はるけきかもと　言ひしかど、人はすなはち　はるけくなりつ

母

この心　悔ゆとか言はも。ひとりの　おやをかそけく　死なせたるかも

かみそりの鋭刃《トバ》の動きに　おどろけど、目つぶりがたし。母を剃りつゝ

あわたゞしく　母がむくろをはふり去る心ともなし。夜《ヨ》はの霜ふみ

見おろせば、膿涌《ウナワ》きにごるさかひ川　この里いでぬ母が世なりし

まれ〴〵は、土におちつくあわ雪の　消えつゝ、庭のまねく濡れたり

苔つかぬ庭のすゑ石　面《オモ》かわき、雨あがりつゝ　昼の久しさ

古庭と荒れゆくつぼも　ほがらかに、昼のみ空ゆ　煙さがるも

町なかの煤《スヽ》ふる庭は、ふきの薹《タウ》たちよごれつゝ　土からび居り

庭の木の立ち枯れ見れば、白じろと　幹にあまりて、虫むれとべり
二七日《フタナノカ》　近づきにけり。家深く　蔵に出で入る土戸《ツチド》のひゞき
家ふえてまれにのみ来る鶯《ウグヒス》の、かれ　鳴き居りと、兄の言ひつゝ
静けさは　常としもなし。店とほく、とほりて響く　ぜに函《バコ》の音
さびしさに馴れつゝ住めば、兄の子のとよもす家を　旅とし思ふ
はらからのかくむ火桶に唇《クチ》かわき、言《コト》にあまれる心はたらへり
顔ゑみて　その言《コト》しぶる弟の　こゝろしたしみは、我よく知れり
たま〳〵は　出でつゝ間ある兄の留守。待つにしもあらず　親しみて居り
若げなるおもわは、今は　と、のほり、叔母のみことの　母さびいます

遠くより 帰りあつまるはらからに、事をへむ日かず いくらも残らず

大正八年

霜 夜

竹山に 古葉おちつくおと聞ゆ。霜夜のふけに、覚めつゝ居れば
わがせどに 立ち繁《シ》む竹の梢《ウレ》冷ゆる 天《アメ》の霜夜と 目を瞑《ツブ》りをり
とまり行く音と聞きつゝ、さ夜ふかき時計のおもてを 寝て仰ぎ居り
枕べのくりやの障子 あかりたり。畳をうちて、鼠をしかる
ひき窓のがらすにあたる風のおと 霜の白みは、夜あけかと思ふ

くりや戸のがらすにうつる　こすもすの夜目のそよぎは、明け近からし
息ざしの　土に触《フ》りたる外《ト》のけはひ　誰かい寝らし。わが軒のうちに

蒜《ヒル》の葉

叱ることありて後

薩摩より、汝《ナ》がふみ来到《キタ》る。ふみの上に、涙おとして喜ぶ。われは

蒜の葉

雪間にかゞふ蒜の葉　若ければ、我にそむきて行く心はも
おのづから　歩みとゞまる。雪のうへに　なげく心を、汝《ナ》は　知らざらむ
朝風に、粉雪けぶれるひとたひら。会津の桜　固くふゝめり

雪のこる会津の沢に、赤きもの　根延《ハ》ふ野櫨《シドミ》は、かたまり咲けり
踏みわたる山高原《ヤマタカハラ》の斑《ハダ》れ雪。心さびしも。ひとりし行けり
会津嶺《ネ》に　ふりさけ〻ぶる雪おろしを　見つ〻呆《ホ》れたる心とつげむ
榛《ハリ》の木の若芽つやめく昼の道。ほと〳〵　心くづほれ来《キタ》る
屋の上は、霜ふか〻らむ。会津の山　思ひたへ居り。夜《ヨ》はの湯槽《ユブネ》に

鹿児島

島山のうへに　ひろがる笠雲あり。日の後の空は、底あかりして
ゑまひのにほひ　なほいわけなき子を見まく　筑紫には来つ。心たゆむな
憎みつ〻来し汝《ナレ》がうなじに　骨いで〻　痩せたる後姿《ウシロ》見むと思へや

うなだれて、汝《ナレ》はあゆめり　渚の道。憎しと思ふ心にあらず
憎みがたき心はさびし。島山の緑かげろふ時を経につゝ
汝《ナ》が心そむけるを知る。山路ゆき　いきどほろしくして、もの言ひがたし
叱りつゝ　もの言ふ夜《ヨ》はの牀《トコ》のうちに、こたへせぬ子を　あやぶみにけり
庭草に、やみてはふりつぐつゆの雨　心怒りのたゆみ来にけり
わが黙《モダ》す心を知れり。灯のしたに　ひたうつむきて、身じろかぬ汝《ナレ》は
虔《ツヽ》ましきしゞまに　対《ムカ》ふ汝《ナレ》がうなじに、一つゐる蚊を、わが知りて居り
ころび声　まさしきものか。わが声なり。怒らじとする心は　おどろく
灯のしたに、怖《オ》ぢかしこまる汝《ナ》が肩を　痩せたりと思ひ、心さびしも

からくして 面《オモテ》を起す 汝《ナレ》の頬 白くかわきて 胸はかりがたし

一言を言ひ疏《ト》くとせぬ汝《ナレ》の顔 まさに瞻《モ》りつゝ あやぶみにけり

言《コト》に出で、言はゞゆゝしみ、搏動《イキドホ》る胸を堪へつゝ 常の言いへり

待ちがたく 心はさだまる。庭冷えて 露くだる夜となりにけるかも

さ夜深く 風吹き起れり。待ち明す 心ともあらず。大路のうへに

額《ヌカ》のうへに くらくそよげる城山の 梢《コズヱ》を見れば、夜はもなかなり

篠垣の夜深きそよぎ 道側《ミチヅラ》に、立ちまどろめる心倦みつゝ

はるけき 辻ゆ来向ふ車の灯。音なきはしりを瞻《モ》る夜はふけぬ

をちこちの家に、ま遠《ドホ》に うつ時計。大路の夜の くだつを知れり

夜なかまで　家には来ずて、わが目避《ヨ》く汝《ナレ》があるきを　思ひ苦しも

寄物陳思《モノニヨセテオモヒヲノブル》

尾張ノ少《ヲ》咋《グヒ》のぼらず。年満ちて、きのふも　今日も、人続《ツ》ぎて上る

つくしの遊行嬢子《ウカレヲトメ》になづみつゝ、旅人《タビト》は　竟《ツヒ》に還りたりけり

よき司《ツカサ》　われは持《モ》たらぬ憶良《オクラ》ゆゑ、汝《ナ》がゐやまひは、受け得ずなりたり

かの少《ヲ》咋《グヒ》の為に

国遠く、我におぢつゝ　汝《ナ》が住みてありと思ふ時　悔いにけるかも

何ごとも、完《ステ》にをはりぬ。息づきて　全《マタ》く霽《ハル》けむ心ともがな

寛恕《ユルシ》なき我ならめや。汝《ナ》を瞻《モ》るに、心ほと〳〵息づくころぞ

庭の木の古葉《ふるば》掃きつゝ、待ちごゝろ失せにし今を　安しと思はむ

めひ

私の姉なるその母と、十一二の頃から、私の生家に来てゐた女姪福井富美子は、去年女学校もすまして、今年十九になつてゐたのであつた

わが家のひとり処女《ヲトメ》の、常黙《ツネモダ》すさびしきさがを　叱りけり。わが
をとめはも。肩の太りのおもりかに、情《ヨ》づかず見えし　その後姿《ウシロ》はも
われの家にをとめとなりて、糾《アザ》ね髪　たけなるものを　死なせつるかも
茨田野《マムダ》の水涌き濁る塚原を、処女の家と　思ひ堪へめや
あきらめてをり　と告げ来る　汝が母のすくなきことばは、人を哭《ナ》かしむ
　始羅《アヒラ》の山

もの言ひて　さびしさ残れり。大野らに、行きあひし人　遥《ハル》けくなりたり

はろ〴〵に　埃をあぐる昼の道。ひとり目つぶる。草むらに向きて

夏やまの朝のいきれに、たど〴〵し。人の命を愛《ヲ》しまずあらめや

遂げがたく　心は思《モ》へど、夏山のいきれの道に、歎息《ナゲキ》しまさる

言《コト》たえて　久しくなりぬ。始羅の山　喘《ア》へつゝ越ゆと　知らずやあらむ

日の照りの　おとろへそむる野の土の　あつき乾きを　草鞋《ワラヂ》にふむも

火の峰の山ふところに　寝て居りと思ふこゝろは　おどろかめやも

木々とよむ雨のなかより　鳥の声　けたゝましくして、やみにけるかも

児湯《コユ》の山　棚田の奥に、妹《イモ》と　夫《セ》と　飯《イヒ》はむ家を　我は見にけり

つばらに　さゝ波光る赤江《アカエ》灘。この峰《ヲ》のうへゆ　見窮《キハ》めがたし
海風の吹き頻《シ》く丘の砂の窪。散りたまる葉は、すべて青き葉
木のもとの仰ぎに　疎《アラ》き枝のうれ。朝間の空は、色かはり易し
朝日照る川のま上のひと在所。台地の麦原《ムギフ》　刈りいそぐ見ゆ
緑葉のかゞやく森を前に置きて、ひたすらとあるくひとりぞ。われは
焼き畑《ハタ》のくろの立ち木の　夕目には、寂しくゆらぐ。赤き緒の笠
児湯の川　長橋わたる。川の面《モ》に、揺れつゝ光る　さゞれ波かも
森深き朝の曇りを　あゆみ来て、しるくし見つも。藤のさがりを
青空になびかふ雲の　はろ〴〵し。ひとりあゆめる道に　つまづく

山原の茅原《チフ》に　しをるゝ昼顔の花。見過しがたく　我ゆきつかる

裾野《スソノ》原《ハラ》　野の上《ヘ》に遠き人の行き　いつまでも見えて、かげろふ日の面《オモ》

諸県《モロガタ》の山にすぐなる杣《ソマ》の道。疑はなくに　日は夕づけり

山下《ヤマシタ》に、屋《ヤ》庭《ニハ》まひろきひと構へ。道はおりたり。その夕庭に

山の子は、後姿《ウシロ》さびしも。風呂たきて、手拭白く　かづきたりけり

この家の人の　ゆふげにまじりつゝ、もの言ひことなる我と思へり

旅ごゝろのおどろき易きを叱りつゝ、柴《シバ》火《ヒ》のくづれ　立てなほし居り

日のゝちを　いきれ残れり。茶臼原《チヤウスバル》の夏うぐひすは、草ごもり鳴く

こすもすの蕾《ツボミ》かたきに、手触りたり。旅をやめなむ　心を持ちて

谷風に　花のみだれのほの〴〵し。青野の槿《ムクゲ》　山の辺《ヘ》に散る

焼けはらの石ふみわたるわがうへに、山の夕雲　ひくゝ垂れ来も

ゆふだちの雨みだれ来る茅原ゆ、むかつ丘《ヲ》かけて　道見えわたる

野のをちを　つらなりとほる馬のあし　つばらに動く。夕雲の下《シタ》に

幹だちのおぼめく木々に、ゆふべの雨　さやぐを聞きて、とまりに急ぐ

麦かちて　人らいこへる庭なかの　榎《エノキ》のうれに、鳥あまた動く

庭の木に、ひまなくうごく鳥のあたま　見つゝ、遠ゆくこと忘れ居り

並み木原、車井《クルマキ》のあと　をちこち見ゆ。国は古国《フルクニ》。家居さだまらず

峰《ヲ》の上《ヘ》の町　家並みに人のうごき見ゆ。山高くして、雲行きはやし

道のうへにかぐろくそゝる高山の　山の端あかり　居る雲の見ゆ

窓のしたに、海道《カイダウ》ひろく見えわたり、さ夜の旋風《ツムジ》に　土けぶり立つ

山岸の葛葉のさがり　つら〳〵に、仰ぎつゝ来し。この道のあひだ

朝　山

おのづから　まなこは開く。朝日さし　去年《コゾ》のまゝなる部屋のもなかに

猿曳きを宿によび入れて、年の朝　のどかに瞻《マモ》る。猿のをどりを

遠き代《ヨ》の安倍《アベ》の童子《ドウジ》のふるごとを　猿はをどれり。年のはじめに

目の下の冬木の中の村の道　行く人はなし。鴉おりゐる

麦の原《フ》の上にひろがる青空を　こは　雁わたる。元日の朝

元日は　悠々《ウラヽ》暮れて、ふゆ草の原　まどかに沈む赤き日のおも

故《モト》つびと　山に葛掘り、む月たつ今朝を入るらむ。深き林に

大正七年

金富《カナトミ》町

この家の針子は　いち日笑ひ居り。こがらしゆする障子のなかに

昼さめて　こたつに聞けば、まだやめず。弟子をたしなむる家刀自《イヘトジ》のこゑ

馴れつゝも　わびしくありけり。家刀自《イヘトウジ》　喰はする飯を三年《ミトセ》はみつゝ

はじめより　軋《キシ》みゆすれしこの二階。風の夜ねむる静ごゝろかも

雇はれ来て、やがて死にゆく小むすめの命をも見し。これの二階に

お花

高梨の家のお花が死んだのは、ちぶすでだつた。年は十三であつたと思ふ

したに坐《キ》て　もの言ふすべを知りそめて、よき小をんなとなりにしものを

朝々に　火を持ち来り、炭つげるをさなきそぶり　牀《トコ》よりぞ見し

よろこびて　消毒を受く。これのみが、わがすることぞ。うなゐ子のため

村の子

笹の葉を喰《ハ》みつゝ　口に泡はけり。愛《カナ》しき馬や。馬になれる子や

麦芽《ムギメ》たつ丘べの村の土ぼこりに　子どもだく踏む。馬のまねして

除夜

ふろしきに 鱈《タラ》の尾見えて来る女の、片手の菊は、雨に濡れたり

年の夜の雲吹きおろす風のおと。二たび出で行く。砂捲く町へ

年の夜の阪のゝぼりに 見るものは、心やすらふ大樫《オホカシ》のかげ

年の夜《ヨル》 あたひ乏しきもの買ひて、銀座の街をおされつゝ来る

戻り来て、あか〳〵照れる電灯のもと。寝てゐる顔に、もの言ひにけり

第一高等学校の生徒来て、挨拶をしたり。年の夜ふかく

槐《エンジュ》の実《ミ》 まだ落ちずあることを知る。大歳《オホトシ》の夜 月はふけにけるかも

髣髴《ケシキ》顕《タ》つ。速吸《ハヤスヒ》の門《ト》の波の色。年の夜をすわる畳のうへに

年玉は　もてあそび物めきて見ゆ。机に並べ、すべながりつゝ

金太郎よ　起きねと　夜《ヨ》はによびたれば、湯にや行かすと　ねむりつゝ聞けり

人こぞる湯ぶねの上のがすの灯を　年かはる時と　瞻《マモ》りつゝ居り

湯のそとに、はなしつゝ洗ふ人の声。げに　事多き年なりしかも

五銭が花を求めて　帰るなり。年の夜　霜のおりの盛りに

わが部屋に、時計の夜はの響きはも。大つごもりの湯より戻れば

年の夜は　明くる近きに、水仙の立ちのすがたをつくろひゐるも

年の夜を寝むと言ひつゝ　火をいけるこたつは、灰のしとりしるしも

年の夜の明くる待ちつゝ、久しさよ。こも〴〵起きて、こたつを掘るも
臥《ネ》て後《ノチ》も しばし起きゐる 年の夜のしづまる街を、自動車来たる
しづまれる街のはてより、風のおと 起ると思《モ》ひつゝ うつゝなくなる
　だうろく神まつり
乾風《カラカゼ》の 砂捲く道に日は洩れて、睦月八日《ムツキヤウカ》の空 片ぐもる
磯近き冬田に群れて 鳥鳴けり。見つゝ 聞きつゝ 道ゆく。われは
道なかに、御幣《オンベ》の斎串《イグシ》たちそゝり、この村深く 太鼓とゞろく
七ぐさの 今日は明くる日。里なかのわらべに問へば、道饗《ミチア》へに行く
もの忘れをして 我は居にけり。夫婦神《メヲトガミ》も、目を見あひつゝ 笑み居たまへり

村の子は、女夫《メヲ》のくなどの　肩擁《ダ》きています心を　よく知りにけり

供へ物　五厘が塩を買ひにけり。こゝの道祖《クナド》をはやさむ。われも

大正六年

霜

窓の外《ソト》は、ありあけ月夜《ヅクヨ》。おぼゝしき夜空をわたる　雁のつらあり

おのづから　覚め来る夢か。汽車のなかに、夜ふかく知りぬ。美濃路に入るを

陸橋の　伸《ノ》しかぶされる停車場《テイシヤバ》の　夜ふけ久しく、汽車とまり居り

眉間《マナカヒ》に、いまはのなやみ顕《タ》ち来たる　母が命を死なせじとすも

死にたまふ母の病ひに趨《オモム》くと　ゐやまひふかし。汽車のとよみに

汽車はしる　闇夜にしるき霜の照り。この冷《サヤ》けさに、人は死なじも

汽車の灯は、片あかりをり。をぐらき顔うつれる窓に、夜深く対《ムカ》へり

窓の外は　師走八日《シハスヤウカ》の朝の霜。この夜のねぶり　難《カタ》かりしかも

汽車に明けて、野山の霜の朝けぶり　すがしき今朝を　母死なめやも

病む母の心　おろかになりぬらし。わが名を呼べり。幼名によび

いわけなき母をいさむるみとり女《メ》の　訛り語りの　憑《タノモ》しくあり

山および海

速吸《ハヤスヒ》の門《ト》なかに、ひとつ逢ふものに　くれなゐ丸の　艫《トモ》じるし見ゆ

道の辺《ベ》の広葉の蔓《カヅラ》　けざやかに、日の入りの後《ノチ》の土あかりはも

汽車の窓　こゝにし迫る小松山　峰《ヲ》の上《ヘ》の聳《ソヽ》りはるけくし見ゆ

夕《タ》闌けて　山まさ青《ヲ》なり。肥後の奥　人吉の町に、灯の　つらなめる

温泉《ユ》の上に、煙かゝれる栢《ツミ》の枝。空にみだるゝ　赤とんぼかも

遠き道したにもちつゝ、はたごの部屋　あしたのどかに、飯《イヒ》くひをはる

この町に　たゞ一人のみ知る人の　彼も見たてぬ　船場《フナバ》を歩く

夏相聞

ま昼の照りきはまりに　白む日の、大地あかるく　月夜のごとし

ま昼の照りみなぎらふ道なかに、ひそかに　会ひて、いきづき瞻《マモ》る

青ぞらは、暫時《イサヽメ》曇る。軒ふかくこもらふ人の　息のかそけさ

はるけく　わかれ来にけり。ま昼日の照りしむ街に、顕《タ》つおもかげ

ま昼日のかゞやく道に立つほこり　羅紗《ラシヤ》のざうりの、目にいちじるし

街のはて　一樹の立ちのうちけぶり、遠目ゆうかり　川あるらしも

「ゆうかり」は、木の名

目の下に　おしなみ光る町の屋根。こゝに、ひとり　わかれ来にけり

鑽仰《サンギヤウ》庵

うつり来て　麦原《ムギフ》広原　たゞなかに、夜もすがら　燭《アカ》す庵なりけり

豊多摩《トヨタマ》の麦原のなかに、さ夜深く覚めてしはぶく。ともし火のもと

こよひ早　夜なか過ぐらし。東京の　空のあかりは薄れたりけり

長き日の黙《モダ》の久しさ　堪へ来つゝ、このさ夜なかに、一人もの言ふ

十方《ジッポウ》の虫　こぞり来る声聞ゆ。野に、ひとつ灯を守《モ》るは　くるしゑ

更《フ》けて戻る夜戸のたどりに　触りつれば、いちじゆくの乳《チ》は、ふくらみて居り

梅雨ふかく今はなりぬれ、暫時《イサヽメ》の照りのあかりを　いみじがり居る

刈りしほの麦の穂あかり昏《ク》れぬれど、いよゝさやけく　蛙子《カヘルゴ》は鳴く

刈りしほの麦原のなかは　昼の如《ゴト》明り残りて　蛙《カハヅ》鳴きゐる

二三人　汽車おり来つる高声の　こゝにし響く。おし照る月夜

さ夜霽《バ》れのさみだれ空の底あかり。沼田の澪《フケ》に、蛍はすだく

暁《アケ》近き澪田《フケダ》の畦《クロ》の　列並《ツラナ》みに　蛍はおきて、火をともしをり

さみだれの夜ふけて敲《タヽ》く　誰ならむ。まらうどならば、明日来りたまへ

さ夜風のとよみのなかに、窓の火の消えで残れる　たふとくありけり

鼠子の一夜のあれに　寝そびれて、暁はやく起きて、飯《イヒ》たく

めう〳〵と　あな　うまくさき湯気ふきて、朝餉《アサゲ》白飯《シライヒ》　熟《ウ》みにけるかも

くりやべのしづけき夜らのさびしもよ。よべの鼠の　こよひはあれず

ゆふあへの胡瓜《キウリ》もみ瓜　醋《ス》にひでゝ、まだしき味を　喜びまほる

　いろものせき

うすぐらき　場すゑのよせの下座《ゲザ》の唄。聴けば苦しゑ。その声よきに

白じろと更《フ》けぬる　よせの畳のうへ。悄然《ボッサリ》ときてすわりぬ。われは

衢風《チマタカゼ》砂吹き入れて、はなしかの高座のまたゝき　さびしくありけり

誰一人　客はわらはぬはなしかの工《タクミ》　さびしさ。われも笑はず

高座にあがるすなはち　処女《ヲトメ》ふたり　扇ひらきぬ。大きなる扇を

新内の語りのとぎれ　おどろけば、座頭紫朝《シテウ》は　目をあかずをり

「富久《トミキウ》」のはなしなかばに　立ちくるは、笑ふに堪へむ心にあらず

　清志《キヨシ》に与へたる

臥《ネ》たる胸しづまりゆけば、天《アマ》さかるひなの薩摩し　さやに見え来も

告げやらば　若き心に歎かめど、汝《ナ》が思ひ得むわびしさならず

しごとより疲れ帰りて、うつゝなく我は寝《ヌ》れども、明日さめにけり

朝鮮の教師にゆけと慂《す》め来る　あぢきなきふみに、うごく　わが心

大正五年

森の二時間

森ふかく　入り坐《ゐ》てさびし。汽笛鳴る湊《ミナト》の村に　さかれる心
この森の一方に　はなしごゑすなり。しばらく聴けば、女夫《メヲト》　草刈る
この森のなかに　誰やら寝て居ると、はなし声して、四五人とほる
此《コ》は　一人　童児坐《ゐ》にけり。ゆくりなく　森のうま睡《イ》ゆ　さめしわが目に
まのあたり　幹疎《モトアラ》木々の幹あまた　夕日久しくさして居にけり

楢《ナラ》の木の乏しき葉むら　かさ〳〵と　落ちず久しみ、たそがれにつゝ

大正四年以前、明治四十四年まで

おほとしの日

除夜の鐘つきをさめたり。静かなる世間にひとり　我が怒る声

大正の五年の朝となり行けど、膝もくづさず　子らをのゝしる

墓石の根府川石《ネブカハイシ》に水そゝぐ。師走の日かげ　たけにけるかも

どこの子のあぐらむ凧《タコ》ぞ。大みそか　むなしき空の　たゞ中に鳴る

机一つ　本箱ひとつ　わが憑《タノ》む　これの世のくまと、目つぶりて寝《ヌ》る

左千夫《サチヲ》翁三周忌

牛の乳《チ》のにほひつきたる著《キ》る物を、胸毛あらはに　坐《ヰ》し人あはれ

あぢきなき死にをせしかと、片おひのうなゐを哭《ナ》きし　その父もなし

裏だなを　背戸ゆ見とほし　夏の日の照りしづまりに　けどほき墓原

あわたゞしく　世はありければ、たま〳〵も　忘れむとする墓をとぶらふ

菟《ウ》　道《ヂ》

わが腹の、白くまどかにたわめるも、思ひすつべき若さにあらず

如月《キサラギ》の雪の　かそけきわがはぎや。白き光りに　目をこらしつゝ

順礼は鉦《カネ》うちすぎぬ。さびしかる世すぎも、ものによるところある

なむあみだ　すゞろにいひてさしぐみぬ。見まはす木立ち　もの音もなき

ざぶ〳〵と、をり〳〵水は岸をうつ。ひとりさびしく　麦蹈みてゐむ

白じろと　たゞむき出し畝《ウネ》をうつ　畠の男　あち向きて　久し

日の光り　そびらにあびて寒く行く百姓をとこ。ものがたりせむ

銭

たなぞこに　燦然としてうづたかき。これ　わが金と　あからめもせず

道を行くかひなたゆさも　こゝろよし。このわが金の　もちおもりはも

目ふたげば、くわう〳〵として照り来る。紫摩《シマ》黄金《ワウゴン》の金貨の光り

たなそこのにほひは、人に告げざらむ。金貨も　汗をかきにけるかな

家びとの消息来て

家のため博士になれと　いひおこす親ある身こそ　さびしかりけれ

我孫子《アビコ》

道のうへ　小高き岡に男ゐて、なにかもの言ふ。霙《ミゾレ》ふるゆふべ

野は　昼のさえしづまりに、雑木山　あらはに　赤き肌見せてゐる

藪原のくらきに入りて、おのづから　まなこさやかに　瞬《マタヽ》きにけり

心　ふと　ものにたゆたひ、耳こらす。椿の下《シタ》の暗き水おと

霙ふる雑木のなかに、鍬《スキ》うてる　いとゞ　女夫《メヲト》の唄の　かそけき

太秦寺《ウツマサデラ》

常磐木《トキハギ》のみどりたゆたに、わたつみの太秦寺の昼の　しづけさ

二人あることもおぼえず。しんとして　いさごのうへに　鵄《トビ》一羽ゐる

おそろしき　しゞまなりきな。梢《コズヱ》より、はたと　一葉《ヒトハ》は　おちてけるかな

ほれ〴〵と人にむかへば、昼遠し。寺井《テラヰ》のくるま　草ふかく鳴る

まさびしくこもらふ命　草ふかき鐘の音しづみ、行きふりにけり

塩《シホ》原《バラ》

馬おひて　那須野《ナスノ》の闇にあひし子よ。かの子は、家に還らずあらむ

わがねむる部屋をかこめる　高山の霜をおもひて、灯を消しにけり

神のごと　山は晴れたり。夜もすがら　おもひたはれし心ながらに

にはとりの蹈みちらしたる芋の茎　泣きつゝとるか。山の処女《ヲトメ》ら

朝日照る山のさびしさ。向《ムカ》つ峰《ヲ》に斧うつをとこ。こちむきてゐよ

かくしつゝ、いつまでくだち行く身ぞや。那須野のうねり　遠薄《トホスヽキ》あり

生　徒

一

夜目しろく　萩が花散る道ふめば、かの子は　母の喪にゆきにけり

二

白玉をあやぶみ擁《イダ》き　寝ざめして、春の朝けに、目うるめる子ら

このねぬる朝けの風のこゝちよき。寝おきの　顔の　ほのあかみたる

こゝちよき春のねざめのなつかしさ。片時をしみ、子らが遊べる
砂原に砂あび　腰をうづめゐつ。たはぶれの手を　ふと　止めぬ。子ら
わが子らは　遊びほけたる目を過《ヨギ》る何かおふとて、おほゞれてをり
わが雲雀《ヒバリ》　今日はおどけず。しかすがに　つゝましやかにふるまひにけり
くづれふす若きけものを　なよ草の牀《トコ》に見いでゝ、かなしみにけり
倦《ウ》みつかれ　わかきけものゝ寝むさぼる　さまはわりなし。かすかにいびく
やせ〳〵て、若きけものゝ　わが前にほと息づきぬ。かなしからずや
すく〳〵と　のびとゝのほりゆく子らに、しづごゝろなき　わがさかりかも

三

二三尺　藜《アカザ》のびたるくさむらの　秋をよろこびなく虫のあり
沓《クツ》とれば、すあしにふるゝ砂原の　しめりうれしみ、草ぬきてをり
わが病ひやゝこゝろよし。なにごとかしたやすからず　やめる子のある

四

小鳥　小鳥　あたふた起《タ》ちぬ。かたらひのはてがたさびし。向日葵《ヒマハリ》の照る
はるしゃ菊　心まどひにゆらぐらし。瞳かゞやく少年のむれ
かの子こそ　われには似つゝものはいへ。十年《トヽセ》の悔いにしづむ目に来て
人の師となりて　ふた月。やう〳〵に　あらたまりゆく心　はかなし

わかやかに　こゝちはなやぎあるものを。さびしくなりぬ。子らを教へて

おろ〳〵に　涙ごゑして来つる子よ。さはなわびそね。われもさびしき

いくたびか　うたむとあぐる鞭のした、おぢかしこまる子を泣きにけり

奥熊野

たびごゝろもろくなり来ぬ。志摩《シマ》のはて　安乗《アノリ》の崎に、灯《ヒ》の明《アカ》り見ゆ

わたつみの豊はた雲と　あはれなる浮き寝の昼の夢と　たゆたふ

闇に　声してあはれなり。志摩の海　相差《アフサ》の迫門《セト》に、盆の貝吹く

天《アマ》づたふ日の昏《ク》れゆけば、わたの原　蒼茫として　深き風ふく

名をしらぬ古き港へ　はしけしていにけむ人の　思ほゆるかも

山めぐり　二日人見ず　あるくまの蟻の孔に、ひた見入りつゝ
二木《ニキ》の海　迫門《セト》のふなのり　わたつみの入り日の濤《ナミ》に、涙おとさむ
青山に、夕日片照るさびしさや　入り江の町のまざ〳〵と見ゆ
あかときを　散るがひそけき色なりし。志摩の横野の　空色の花
奥牟妻《ムロ》の町の市日《イチビ》の人ごゑや　日は照りゐつゝ、　雨みだれ来たる
藪原に、むくげの花の咲きたるが　よそ目さびしき　夕ぐれを行く
大海《オホウミ》にたゞにむかへる　志摩の崎　波切《ナキリ》の村にあひし子らはも
ちぎりあれや　山路のを草莢《サヤ》さきて、　種とばすときに　来あふものかも
旅ごゝろ　ものなつかしも。夜まつりをつかふる浦の　人出にまじる

にはかにも　この日は昏《ク》れぬ。高山の崖路《ホキヂ》　風吹き、鶯《ウグヒス》のなく

那智《ナチ》に来ぬ。竹柏《ナギ》　樟《クスノキ》の古き夢　そよ　ひるがへし、風とよみ吹く

青うみにまかゞやく日や。とほ〴〵し　妣《ハヽ》が国べゆ　舟かへるらし

波ゆたにあそべり。牟婁の磯にゐて、たゆたふ命　しばし息づく

わが乗るや天《アメ》の鳥船《トリフネ》　海《ウナ》ざかの空拍《ウ》つ浪に、高くあがれり

たま〳〵に見えてさびしも。かぐろなる田曽《タソ》の迫門《セト》より　遠きいさり火

わたつみのゆふべの波のもてあそぶ　島の荒磯《アリソ》を漕ぐが　さびしさ

わが帆なる。熊野の山の朝風に　まぎり　おしきり、高瀬をのぼる

うす闇にいます仏の目の光　ふと　わが目逢ひ、やすくぬかづく

明治四十三年以前、三十七年頃まで

焚《タ》きあまし　その一

竹の葉に　如月の雪ふりおぼれ、明くる光りに心いためり

大空のもとにかすみて、あか〳〵と　くれゆく山にむかふ　さびしさ

――「京、西山」二首

木の葉散るなかにつくりぬ。わが夜牀《ヨドコ》。うづみはてねと、目をとぢて居り

かれあしに　心しばらくあつまりぬ。　みぎはにゐつ、　ものをおもへば

ちまたびと　ことばかはして行くにさへ　心ゆらぎは　すべなきものを

夕波の　佃の島の方《カタ》とへど、こたへぬ人ぞ、充ち行きにける

――「所在なく暮した頃」五首

さびしげに　経木真田《キヤウギサナダ》の帽子著《キ》て、夕河岸たどる人よ　もの言はむ

両国の橋ゆくむれに、われに似て、後姿《ウシロ》さびしき人のまじれり

町をゆく心安さもさびしかり。家なる人のうれひに　さかる

春の日のかすめる時に、つかれたる目をやしなふと、若草をふむ

戸を出でゝ、百歩に青き山を見る。日ねもす　おもひつかれたる目に

庭のくま　ひそやかに鳴く虫あるも、今あぢはへる悔いにしたしき

ひそやかにぬればさびしも。たそがれの窓の夕かげ　月あるに似たり

青やまの草葉のしたに、なが〻りし心のすゑも　みだれずあらむ

――「宮崎信三、死んだにきまつた後」

あはれなる後《ノチ》見ゆるかも。朝宮《アサミヤ》に、祇園をろがむ匂へる処女《ヲトメ》

――「母のつきそひに、京都大学病院にゐた頃」六首

ひやゝけき朝の露原　あしにふみ、なにか　えがたきしたごゝろやむ
京のやま。まどかにはるゝ見わたしに、なにぞ、涙のやまずながるゝ
秋の空　神楽《カグラ》个丘《ガヲカ》の松原の、け近く晴るゝ見つゝさびしき
この道や　蹴《ケ》上《アゲ》の道。近江へと　いやとほぐ〳〵し。あひがたきかも
しづかなる昼の光りや。清水の地主《ヂシュ》の花散る径を　来にけり
大空の鳥も　あぐみて落ち来たる。広野にをるが、寂しくなりぬ
中学の廊《ヒサシ》のかはらのふみごゝち　むかしに似つゝ　ものゝすべなさ
——「卒業後五年」
雪ふりて昏《タ》るゝ光りの　遠じろに、小竹《シヌ》の祝部《ハフリ》のはかどころ見ゆ
——「紀伊国日高」
焚きあまし　その二

わがともがら　命にかへし恋ながら、年来《サ》り行けば、なべてかなしも

いくさ君　武田がのちに、はかなさよ。わび歌多し。あはれ　わが友

——「祐吉に」一首

君にわかれ　ひとりとなりて入りたてば、冬木がもとに、涙わしりぬ

はつくさに　雪ちりかゝる錦部《ニシゴリ》の　山の入り日に、人ふりかへる

牟婁《ムロ》の温泉《ユ》の　とこなめらなる岩牀《イハドコ》に、枕す。しばし　人をわすれむ

——「紀州鉛山温泉」

月にむき、ながき心は見もはてず　わかれし人のおとろへをおもふ

木がらしの吹く日来まさず。わがゝどの冬木がうれの　心うく鳴る

そのかみの　心なき子も、世を経つゝ、涙もよほすことを告げ来る

ひたすらに、荒山みちは越えて来つ。清きなぎさに、身さへ死ぬべし

——「紀州由良浦」

十年《トヽセ》へつ。なほよろしくは見えながら、かの心ひくことのはのなき

このわかれ　いく世かけてはおぼつかな。身さへ頼まぬ　はかなさにして

――「出羽に帰り住む友に」

あはむ日のなしとおもはず。ふみわたる茅生《チフ》の　ほどろに　心たゆたふ

秋の山　なく鳥もなし。わが道は、朝けの雲に末《スヱ》べこもれり

石川や　二里も　三里も、若草の堤ぬらして、雨はれにけり

はた〳〵と翼うち過ぐ。あはと見る　まなぢはるかに　きその鳥行く

冬ぐさの堤日あたり　遠く行く旅のしばしを　人とやすらふ

萩が花はつかに白し。ひとりゐる　山のみ寺のたそがれの庭

――「西山の善峯寺」

山の石　とゞろ〳〵と落ち来る。これを前に見、酒をたのしむ

――「人に役せられて」二首

旅にゐて、さむき夜牀《ヨドコ》のくらがりに、うしろめたしも。いねしづむ胸

山のひだ　さやかに見えて、大空に、昏《ク》れゆく菟道《ウヂ》の春をさびしむ

ともしびの見ゆるをちこち　山くれて、宇治の瀬の音《ト》は　高まりにけり

木《コ》ぶかく蜩《ヒグラシ》なきて、長岡のたそがれゆけば、親ぞこひしき

春雨の古貂《フルキ》のころも　ぬれとほり、あひにし人の、しぬにおもほゆ

杉むらを　とをゝに雪のふりうづむ　ふるさと来れど、おもひ出もなし

明日香風《アスカヽゼ》　きのふや千年《チトセ》。やぶ原も　青菅山《アヲスガヤマ》もひるがへし吹く

――「高市郡」三首

なつかしき故家《フルヘ》の里の　飛鳥《アスカ》には、千鳥なくらむ　このゆふべかも

山原の麻生《ヲフ》の夏麻《ナツソ》を　ひくなべに、けさの朝月　秋とさえたり

あるひまよ。心ふとしもなごみ来ぬ。頰をたゞよはす　涙のなかに

天つ日の照れる岡びに　ひとりゐて、ものをしもへば、涙ぐましも

冬がれのうるし木立ちのひま〳〵に　積み藁《ワラ》つゞく　国分寺のさと

遠ながき伏し越えみちや。うら〳〵に　照れる春日を、こしなづむかも

「伏越峠」は、地名

庭の面《モ》にかり乾す藁の　香もほのに、西日《ニシビ》のひかり　あたゝかくさす

目をわたる白帆見る間に、ふと　さびし。やをら　見かへり、目のあひにけり

をり〳〵は　かなしく心かたよるを、なけばゆたけし。天ぞ来むかふ

見《ミ》のさびし。そともの雪の朝かげの　ほのあかるみに、人のかよへる

ねたる胸　いともやすけし。日ねもすにむかひし山は、わきにそゝれど

わがさかり　おとろへぬらし。月《ツク》よみの夜ぞらを見れば、涙おち来も

わが恋をちかふにたてし　天つ日の、まのあたりにし　おとろふる　見よ

いにしへびと　あるは来逢はむ。神南備《カムナビ》の萩ちる風に、山下ゆけば

——「飛鳥の村」

むさし野は　ゆき行く道のはてもなし。かへれと言へど、遠く来にけり

——「親の心にそはないで、国学院にはひつた年の秋」二首

夕づく日　雁のゆくへをゆびざして、いなれぬ国を　また言ふか。君

わがゝづく朽葉ごろもの袖　たわに、ゆたかに　春の雪ながれ来ぬ

いふことのすこし残ると　立ち戻り、寂しく笑みて、いにし人はも

こちよれば、こちにとをより　なづさひ来《キ》、ほのに人香《ヒトガ》の。身をつゝむ闇

車きぬ。すぐる日我により来にし。今あぢきなくわがゝどをゆく

おもふことしば〳〵たがひ、おきどころなき身暫らく　君にひたさる
夕山路《ヤマヂ》　こよひまろ寝むわがふしどの　うさ思はする　鶯《ウグヒス》のこゑ
この里のをとめらねり来《ク》。みなづきの　夕かげ草の　ほの〴〵として
おもひでの家はつぎ〳〵亡びゆく。長谷の寺のみ　さやは　なげかむ
　　　　　　　　　　　　　　　　　　　　　　――「大和初瀬寺炎上」
牧に追ふ馬のかず〳〵　何ならぬ　目うるみたりし後《ノチ》も忘れず
ほうとつく息のしたより、槌とりて　うてば火の散る　馬の蹄鉄《カナグツ》

　　明治卅七年、中学の卒業試験に落第して、その秋

秋たけぬ。荒涼《スヾロサム》さを　戸によれば、枯れ野におつる　鶸《ヒワ》のひとむれ
　　　　　　　　　　　　　　　　　　　　　　――「大和傍丘の洪一の家にやどる」

春のことぶれ

一九三〇(昭和五)年一月十日、梓書房発行。四六判変型。函入り。三二六頁。
一九二五年から二九年までの作品五〇一首を収録。

羽沢の家

冬立つ厨《クリヤ》

くりやべの夜ふけ
あかあか　火をつけて、
鳥を煮　魚を焼き、
ひとり　楽しき

はしために、昼はあづくる
くりやべに、
鍋ことめける
この夜ふけかも

年かへる春のあしたは、
四十《ヨソヂ》びとぞ
と　思へど、
我は、たのしまざらめや

物ら喰ひ
腹のふくれて　たふれ寝る
われをあはれぶ人
或はあらむ

物見れば、
見る物ごとに、喰はむと思ふ。
むべ　わが幸《サチ》も
喰ふに替へつる

前《サキ》の世の　我が名は、
人に　な言ひそよ。
藤沢寺の餓鬼阿弥《ガキアミ》は、
我ぞ
物喰《ハ》みの
一期《イチゴ》病《ヤマ》ひに足らへども、
かそけく
心　うごくことあり
胃ぶくろに満たば、
嘔《タグ》りて　また喰はむ。
あき足らふ時の
あまり　すべなさ

枇杷《ビハ》の花

住みつきて、
この家かげに　あたる日の
寒きにほひを
なつかしみけり

たゞ　ひと木
花ある梢《ウレ》の　しづけさよ。
煤《スヽ》けてたもつ
枇杷の葉の減《ヘ》り

風出で、
やがて　暮れなむ日のかげりに、
花めきてあり。

　枇杷の花むら
さ夜ふけ　と　夜はふけにけり。
起きてゐて、
　いそしめる子の
二階の身じろき

さ夜なかに、
　茶をいれて居るしづ心。
寝よと思ふに
　起きゐる子かも

　となりの音
うつり来しひそかごゝろは、
もりがたし。

　隣りの家にあらがふ
聞けば

はらだちて
めをと　のゝしる声聞けば、
　我がいきのをの思ひ
　くるしも

　生きの身の
しゝむら痛く　ひゞき来る
　人うつ人の　たなそこの
　音

さしなみの隣りの刀自《トジ》の　いき膚《ハダ》は、
ひきはたかれて、

響きけるかも

ひたすらに
なげうつもの丶　音響き、
隣りしづかに
なりて居にけり
あまりにも
隣りしづかに　なりにけり。
畳のうへを
わが　見つめをり
怒り倦み
泣きつかれつ丶　寝たりけむ。
隣りのめをと

明日は、さびしも
あらそひし心なごみに
眠るらし、隣りびとをや
さびしみて居む
くりやに　水音高く落したり。
隣りびとらよ。
さめろ　と　思ひて
もの忘れ
をとめらと
ことゞひ羞づること　しらず、
若き三十《ミソヂ》は
ありにけるかも

いとけなく
　我とあそびしをみな子を
あはれ　と　思ふ時は
　来にけり

　あるき来て、
道にたゝずみ
　思ふことあり。
おほきもの忘れを
しける我かも

　羽沢の家
　さびしさは、
大きむすめを　しなせつることを

言ひ出《デ》ずなりし　姉かも
大きなる袋を　二つ
　積みてかさね、
　遠来しことを
姉は言ひ居り

その面《オモ》の
青きつやめきを　思ひ居り。
　国びとのうへを
姉に　聴きつゝ
家びとの起《タ》ち居とよもす家　はなれ
　来し　さびしさの
姉と思はむ

弟の家より 家に
うつり来しこゝろは、
　病みて
　　のどかなるべし

家のうち
昼さへ暗し。
寝むさぼる姉のいびきに
　　怒らじとする

亡き娘にかゝる話を
　われはする。
うつら病む姉は　おどろかねども

　この日頃。
をとめの如く
ほがらかに
もの言ふ姉を　安しと思はむ

のどかなるうつけ心を
よし　と思はむ。
うつら病む日を見るは
　さびしも

わが姉の
　心しまりに物縫ひて、
ゆふべの窓に、
今日は　居にけり

うつら病む姉を
　ふたゝび家に送り、
　おちつく心
　　した恥ぢて居り

はらからは　はらからゆゑに、
似もしなむ。
　おのも〳〵に
　　思ひ　さびしさ

人ごと

先生

亡くなられた三矢《ミツヤ》重松《シゲマツ》先生の病気の、いよ〳〵重つた頃、ひとり、箱根堂ケ島《ダウガシマ》の湯に籠つて、先生を記念するための、ある為事《シゴト》に苦しんでゐた

山川《ヤマガハ》のたぎちを見れば、
はろ〳〵に
満ちわかれ行く　音の
　かそけさ

山川の満ちあふれ行く
色見れば、
　命かそけく
　　ならむとするも

夕かげに

色まさり来る山川の
水のおもてを
堪へて見にけり

山川のたぎちに
向きてなぐさまぬ
心痛みつゝ
人を思へり

岩の間のたゝへの　水の
かぐろさよ。
わが大人《ウシ》は
今は　死にたまふらし
風ふけば、みぎはにうごく

花の色の
くれなゐともし。
ゆふべいたりて
月《ツク》よみの光りおし照る　山川の水
磧《カハラ》のうへに、
満ちあふれ行く

夕ふかく
瀬音しづまる山峡《ヤマカヒ》の
水に、
ときたま
おつる木の葉あり

先生、既に危篤

この日ごろ
心よわりて、思ふらし。
読む書のうへに、
　涕《ナミダ》おちたり

わが性《サガ》の
　人に羞ぢつゝもの言ふを、
この日を見よ
　と　さとしたまへり

学問のいたり浅きは
責めたまはず
わがかたくなを　にくみましけり
憎めども、はた　あはれよ

　と　のらしけむ
わが大人《ウシ》の命《イノチ》
　末になりたり

先生の死

死に顔の
　あまり　空しくなりいますに、
涙かわきて
　ひたぶるにあり

ますらをの命を見よ
と　物くはず、
面《オモ》わ　かはりて、
死にたまひたり

赤彦の死

山かげの刈り田の藻草、
　春さむみ、
白き根つばらに
　そなはりにけり
のぼり来て、
山葬《ハフ》りどに、
額《ヌカ》の汗　ひそかにぬぐひ
　わが居たりけり
　いちじるく生きにし人か。
風ふきて、
山はふりどは、
　ほこり立ちつゝ、
　かそかなる　生きのなごりを
我は思ふ。
亡き人も、
　よくあらそひにけり
山岸の高処《タカド》めぐれる　道のうへに、
人を悔いやまぬ
　我が歩みかも
　　千樫《チカシ》も、　心はおなじかるべし
わが友のいまはの面に
　ひたむかひて、
　　言ふべきことば

ありけるものを

山里の古家《フルヤ》の喪屋《モヤ》に
人こぞり、
おのも〳〵の
言《コト》のしたしさ

山里の人の
往き来のむつましさ。
こゝに臥しつゝ、
ことゞひにけむ

ふか〴〵と
柩のなかにおちつける　友のあたまの、
髪の　のびはも

はろ〴〵に
湖《ウミ》を見おろす丘処《ヲカ》の家に、
こゝろぐゝあり。
さゝ波の照り

さゞれ波
つばらに見ゆる　諏訪《スハ》の湖。
心はつひに、
釈《ト》けがたきかも

夏のわかれ

十年まへの夏、子どもから育てた生徒の一人を、造士館高等学校へ送つた。其頃《ソノコロ》の寂しくて、乏しか

つた日々は、この子の拘泥のない
心持ちに救はれることが多かつた。
た、してやつた日の記憶が、此ご
ろ頻りに鮮やかに浮んで来る

青空の　うらさびしさや。
麻布《アザブ》でら
霞《カス》むいらかを
ゆびざしにけり

かげろへる大き銀杏《イチヤウ》の
梢《ウレ》を見よ。
わが言ふま、に、
目翳《マカゲ》さす子か

飯倉《イヒクラ》の坂の　のぼりに、

汗かける　白き額《ヌカ》見れば、
汝《ナ》は　やりがたし

昼早く　そばをうたせて
待ちご、ろ
ひそかなれども、
たのしみにけり

しづかなる昼餉《ヒルゲ》を　したり。
いやはてに、
そばのしるこを　啜《ス、》ろひにけり

今日起きて
三夜《ミヨ》さを徹《トホ》すわが為事《ジゴト》。
心悔いつ、

たひらかにあり

喰ふそばの
腹にたらふが、
あぢきなし。
遠遣《ヤ》る心　さだまる如し

時を惜しんで

さびしさを
我に告げむ　とする人よ。
いこひて行かな。
円山《マルヤマ》の塔

塔の山を　おり来るあゆみ
黙《モダ》深し。

やゝ夕づきて、風そよぎ居り

二年後、時々おこす手紙は、私を
寂しがらせる様になつた

この憐《メグ》き心にも、
尚むくゆな　と　言ひたまふか
と　詞哭《コトナ》きにけり

ふみの上に、
こと荒《アラ》らけく叱りつゝ
下《シタ》むなしさの
せむすべ知らず

秋山太郎

高良山の山脇に、温石《ヲンジヤク》鉱泉と言ふ

湯場がある。そこの長男に生れて、一昨年国学院大学を出た。恐らくは、苦労も知らず過したであらう。唯一つ、我われ知り人の心を暗くする悩みを、自身一人で持つて死んだ。死んだ病ひは、肺結核である。杉千秋と仮り名をつけてゐた

若くして　死にゆく人は、
日ごろさへ
　言ひ出《ツ》る語《コト》の、
胸に沁みしか

はじめて教師となつて行つたのは、日向高鍋《ヒウガタカナベ》の中学校であつた。そこからは、景清《カゲキヨ》配流の物語りなど、伝承の採訪記を送つてくれた。こんなもどかしい為事《シゴト》に、興味は持ち相《サウ》もなかつた彼であつたのである

日向の海
遠《トホ》長浜《ナガハマ》に向き暮し、
　経がたくありけむ
言《コト》のしたしさ

うき我の心も　なぐや
と　送り来し
生目《イクメ》八幡宮の由来書き　あはれ

ありし憂さを
　常《ツネ》言ふ我の　むなしさや。
若き命の　尽きぬる

見れば
　その夜の七時
十一月　ついたち
　秋山太郎　亡《ウ》せにけり。
この電報を
　疑はめやも

東京詠物集

東京詠物集

木《キ》　場《バ》

木場の水
わたればきしむ　橋いくつ。

こえて　来にしを
　いづこか　行かむ

芝　浦

わが心　むつかりにけり。
砂のうへの　力芝を
ぬき
　ぬきかねてをり

増上寺山門

国びとの
心《ウラ》さぶる世に値《ア》ひしより、
　顔よき子らも、
頼まずなりぬ

宮城

司びと 事あやまてど、
何ごとを
大き御門に向きて
まをさむ

一つ橋

この国の語《コトバ》を
口にせずありし
羅《ラヲ》先生に、
我も似て来つ

「羅氏」は、語学校蒙古語科の旧講師

飯田町

あゆみ来て
たゝずめりけり。
言出《コトイ》で、
はたとせ遂げぬ かね言のある

友多く うとくなりゆく
時《ヨ》の末に、
国学院のあとを 見に来つ

門中瑣事

門中瑣事

近代の生活は、絶えざる過程のうへに、意義と価値とがある。其為《ソノタメ》こそ、反抗も破壊も、倫理的態度に這入つて来るのである。新しい生の論理を見出さう、との共通の負担から落伍して、のどかに途中の様式を享楽し、愧《ハ》ぢなく留つてゐる事は、遊戯であり、惑情である。山ノ上ノ憶良大夫の時代は、宗教的煩悶が社会をゆすつて居た。今は、両性生活の上に、不退転の自由が、仰望せられて来てゐる。其焦燥の傾向は、正しい纔《ワツ》かの犠牲者以外に、数へきれぬ惑溺讃歎の徒を出した。

　こゝにも、一人の男がある。国の道念・情感の本質を究める学黌《ガククワウ》に薫陶せられた間の五年、其後の三年、多くは私の指導に従うて来た。中年にして、門中に昵みを深めて来た者であつて、私の懐く新倫理主義の拍子に、一つ鼓動を搏《ウ》つてゐる様に見えた。

　妻なる者は、久しく私の家の厨《クリヤ》を預けた女子。一旦、私及び彼の先妻の迂闊を窃かに嗤《ワラ》ひつゝ、相かたらふなからひを、彼等が契るや、私は労役を意とせぬ忠勤の婢を失ひ、家を逐《オ》はれた人となつた彼の妻は、泣いて備後の山村に還らねばならなくなつた。

　其後二年、復、先夫人と同じ境遇が、後の妻の上に来た。子を産んで、容易に癒えなかつた彼女の、思ひがけなくも、既《ハヤ》く肺癆《ハイラウ》を疾んで、第二期の末に傾いた症状に居る事が、彼の耳に告げられた。彼の欲情は既に、彼女に慊《ア》いて居り、うるさい私を脱れた彼の空想は、誇大想見痴者に近づいてゐる頃であつた。彼は、口実と実感とを仮託するに、国家有用の材、一婦人の衰病に染むことを、肯《ア》へてする事は出来ない、と唱へ続けて居ると聞いた。

大正の年も、数日に果てようとするある朝、生後二月に満たぬ子と枕を並べて、寝返りも哭《ナ》く妻の悩みを見捐《ミス》て、姿を晦《クラ》まして、年改つても帰らなかつた。年の瀬に、巾着は一銭の銅貨をも蓄へず、餓ゑを喚《ワメ》く子の為に、一合の乳を購ふ事さへ出来なかつた。

妻なる女子の心は、純にして粗、都に住み馴れて、尚いまだ、安房《アハ》の岬の潮の香を失はなかつた。無知に近い彼女の情念が、身のある様を、どう思ひ廻してゐることであらう。

をとめ子の守《モ》りしくりやは、
蚯蚓《ミヽズ》鳴き　冬菜凍《シ》みつき、
　秋　冬を経ぬ

大歳《オホトシ》の日ざし　をどめる
牀《トコ》のうへ。
　身を思ふ力も　なくなりにけり

しば〱も、
　まどろむ我か。
うつ〱に
子を見れば、
常に　ねむり居にけり

泣きあぐる声の　みじかさ。
乳児《チゴ》の息の
　いや細ぼそと
　なりて　ゆくらし

すこやかに　遊ぶ子どもか。
うつら〳〵
　乳児を寝せつゝ
　声　聞え来も

病み臥して、心なごめり。
　年の瀬を遊ぶ　子の群れに、
　身は　行かねども
小路《コウヂ》多き　麻布《アザブ》狸穴《マミアナ》。

　年くれて、
　明日の春衣《ハルギ》を着たる
子も居り

　おもかげに　たつふる里や。
海凪《ナ》ぎて、
今日しも
人は、
潜《カツ》きしてゐむ

ありくて
着欲《キホ》しき帯も　買はざりし
　かゝる悔みも、
　今は　言ひけり

諒闇《リヤウアン》に 歳窮《キハマ》れり。
世の人のうへも、
　しづかに
　我は おもはむ

まことあることばを
汝《ナレ》は 恋ひにけむ。
安房《アハ》のみ崎の里 別れ来て
　今はもよ。
歎かひ憊《ツカ》れ、
　ひたぶるに
身を悔ゆらむか。

心のどかに

家びとの
めをと睦《ムツ》びて、もの言ふを
よしと聴くらむ。
　心よわりに

　朝宵に、
粥をすゝろひ 思ふらむ。
喰はせてくれむ
　大き 白き手を

すべなきに似たるこの世も、
相なごみ

おのづからにし
　道はとほれり
平凡《ヨノツネ》のこと
と　思ひて　在るものを、
目にあたりては、
　心くだけぬ
もの知らぬ鄙《ヒナ》つ女《メ》を　よしと
　婚《マ》ぎけむに。
この　情濃《ナサケコ》き直妻《ナホヅマ》を
　あはれ
こと足らぬ病の牀に、
　妻をおきて、

棄てゝかへらぬ
　汝《ナ》が名宣《ノ》らさね
をみな子は、すべなきものか。
　病みて　子を産み、
憑《タノ》みし人は
　家に来らず
をみな子は、さびしかりけり。
身の壮《サカ》り　ふみしだかれて、
　なほ　恋ひむとす
寝し夜らの　胸触《ムナフ》る時の、
身に染《ソ》みて　忘れぬものを
　あはれと思へ

わが家のくりや処女《ヲトメ》は、
赤ら頬《ホ》のすこやかにして、
汝《ナ》に思はれし

石見《イハミ》のや
山寒邑《フルサト》を目に熟《ナ》れて、
狭く さがしく
汝《ナ》は 生《オ》ひにけり
幼《ヲサナ》くて うからなごみを知らざりし
性《サガ》と思へど、
さびしかりけり

八年《ヤトセ》まで 叱りきためて、
かひなさよ。
この たはれ男《ヲ》は
うつらざりけり

いやはてに 我が言ふ語《コト》ぞ。
あはれよ と
自今以後《イマユクサキ》も、
汝《ナレ》を思はむ
ほと〳〵に
我が倦《ウ》みにけむ。
汝《ナ》を見じ と思ひさだめて
下安《シタ》らさよ

世の相《サガ》に　思ひ深めよ。
ありさりて、我が心を知ることも
ありなむ

乞丐《コツガイ》も、
虚無《キヨム》の徒党も、
偶双《ツマタグ》ひ　賑《ニギハ》へる世は、
亡びざりけり

汝《ナ》に説きて、強ふるは止《ヤ》めむ。
歩み来て
人間の道
さびしかりけり

わがあとに　来し跫音《アシオト》も
せずなりぬ。
身は　ほがらさの
まさびしきかも

さびしさに　堪へむと思ふを、
人と居る　心饒柔《ニギビ》の
こほしかりけり

これの世は、
屋並《ヤナ》み賑ひ、人満ちて、
語《コト》なごやかに　とひかはすらし

あしき人に、
　善き人双《タグ》ひ
　　善きひとも、事あやまちて、
あはれなる　世や

かならずも
親の　子思はぬ世なりけり。
　ひたぶるに
人は　恋ふべかりけり

世の澆季《スヱ》の誠と思はむ。
　恋ひゞとぞ
もの言ふ時に、
わなゝきにけり

山かげ

山道

小梨沢

――城破れて落ちのびて来た飛騨の国の上臈《ジャウラフ》の、杣人《ソマビト》の手に死んだ処

いにしへや、
かゝる山路に　行きかねて、
　寝にけむ人は、
ころされにけり

　雨霧のふか山なかに
息づきて、

寝《ヌ》るすべなさを
言ひにけらしも

山がはの澱《ヨド》の　水《ミ》の面《モ》の
さ青《ヲ》なるに
死にの　いまはの
脣《クチ》　触りにけむ

をとめ子の心　さびしも。
清き瀬に
身はながれつゝ、
人恋ひにけむ

峰々に消《ケ》ぬ
きさらぎの雪のごと

清きうなじを
人くびりけり

上州河原湯

秋にむかふ
山のたつきの　かそけきに
ことしは早く、
雹《ヒョウ》ふりにけり

雹ふりて
秋　たのみなし。
村のうちに、
旅をどり子も
入れじ　といふなり

村の子は、
大きとまとを　かじり居り。
手に持ちあまる
青き　その実を

村童《ムラワラハ》
昼　すさまじく遊ぶなり。
田にとぶ　虫も
多く　喰はれつ

山なれば、
秋のみのりの　うらさびし。
稗田《ヒエダ》の穂なみ
かたく立ちたり

多《タ》武峰《フノミネ》

神宝《カムダカラ》　とぼしくいますことの
たふとさ。
古き社の
しづまれる山
僧定慧《ヂヤウヱ》将来の奄羅《アムラ》果樹《クワジユ》と伝へる木が、栽ゑ継がれて、今にある

人過ぎて、
おもふすべなし。
伝へ来《コ》し　常世《トコヨ》の木の実
古木《フルキ》となれり

きその宵

多武の峰より　おり来つる
　道を思へり。
　心しづけさ

　いこひつゝ
朝日のぼれり。
幾ところ
山のつゝじの　白き
　さびしさ

わが居《キ》る　天《アメ》の香具山。
　おともなし。
春の霞は、谷をこめつゝ

風の音

青山に向ひて

赤松の繁《シ》みたつ山の
山の際《ハ》の
遠青ぞらは、
たゞに　さびしさ

息づきて
　かそけかりけり。
夏ふかき　山の木蓮子《イタビ》に、
朱《アケ》さす　見れば

ひそかの心にて　あらむ。
旅にして、
また　知る人を
亡《ナ》くなしにけり

みなぎらふ光り　まばゆき
昼の海。
疑ひがたし。
人は死にたり

遠く居て、
聞くさびしさも
馴れにけり。
古泉千樫《コイヅミチカシ》　死ぬ　といふなり

まれ〳〵に
我をおひこす順礼の
跫音《アノト》にあらし。
遠くなりつゝ

なき人の
今日は、七日になりぬらむ。
遇ふ人も
あふ人も、
みな　旅びと

冬草

十二月十八日、粉雪しきりに降る。国学院の行くすゑ、思ふに堪《ハ》へがたし。昼過ぎて霽れ、わびしけれ

ども、心や、朗らかなり

還り来む時を
なし　と思ふ。
ひたぶるに
踏みてわが居り。
冬草のうへ

学校の庭
冬ふかくそよぐ　草の穂や。
なにを　はゞかりて居たる
我ぞも
学校の屋敷を　かぎる寺林
冬に入りぬる

ゆづり葉の垂り
なにゆゑの涙ならむ。
つくばひて
我がゐる前の　砂に
落ちつゝ

休み日の講堂に　立ちて居たりけり。
見る〳〵に、
こゝろ
かろくなるらし

きのふは、おのれ、源氏物語全講会の事をつぎて後、四年目第二学期の最終日なりき

十日着て、
　裾わゝけ来る　かたみ衣《ギヌ》。
　　わが師は
つひに
とぼしかりにし
師の道を
つたふることも絶えゆかむ。
我さへに
人を　いとひそめつゝ、
　まづしさの
　はたとせ堪へて
死にゆける　師の
みをしへは、

明《アキ》らめがたし

　王　道

年どしに　思ひやれども、
山水をくみて遊ばむ
夏なかりけり——明治御製——

大君は
あそばずありき。
髣髴《オモカゲ》に
夏山河《ヤマガハ》を　見つゝ、
なげゝり

気多《ケタ》はふりの家

気多はふりの家

気多の村
若葉くろずむ時に来て、
　遠海原の　音を
　　聴きをり

　気多の宮
蔀《シトミ》にひゞく　海の音。
　耳をすませば、
　　聴くべかりけり

海のおと　聞えぬ隈《クマ》に、
宮立てり。
　ひたに明るき

蔀のおもて

たぶの杜《モリ》
こぬれこと〴〵　空に向き、
　青雲は、
　　今日も
雨　なかりけり

たぶの木のふる木の　杜に
入りかねて、
　木《コ》の間あかるき
　　かそけさを見つ

　はろ〴〵に
見隠れにけり。

ひとつらの
汽車のわだちの　音
残りつゝ、
砂山の　背面《ヲチ》のなぎさも、
　昏《ク》れにけむ。
夕とゞろきは、
音つのりつゝ、
　このゆふべ
潟《カタ》の田うゑて　もどるらし。
声に　ひゞくは、
　遠世《トホヨ》の人ごゑ
わたつみの響きの　よさや。

松焚きて、
棲初《キソ》めし夜らに、
言ひにけらしも
　見のかぎり
波なる浜を　わびにけむ。
あから頰の子も、
祖《オヤ》となりつゝ、
祖々《オヤヽ》も
　さびしかりけむ。
蠣貝《カキガヒ》と　たぶの葉うづむ
吹きあげの沙《スナ》
わたの風

沙吹きあぐる　しく〳〵に、
　うき村住みを
　おもひけらしも

ひと列に
白きは、
　斉墩果《チサ》の盛《サカ》りならむ。
　　こよひの凪《ナ》ぎに、
しづまる家《イヘ》むら

蜑《アマ》をみなの　去《イ》にしを思ふ。
あしがたの、
　いつまでもある
　　門《モン》のしきゐ

まれに来て、
心おちゐぬ。
目ぐすりの古法つたふる家
　と　言ふなり

われに言ふ
　人の心のかくれなし。
酔ふをおそれて、
　あるが　さびしさ

酔へば
　心　ひとむきなりけり。
門弟子のさがを
我が憎み、

逐《オ》ひてうたむとす
いきどほりの心
をさまり行くを 覚ゆ。
按摩《アンマ》をとらせ
　わが居たりけり

朝闇に、
　郭公《クワクカウ》が
近く鳴きにけり。
今日は、
　ひそかの心にてあらむ

　灘　五郷

物喰《ハ》めば、

ほがらの心　わき来もよ。
細螺《シタヾミ》の殻を、
　歯に破《ワ》らむとす

おりたちて、
磯の小貝を　つゝきくじり、
浦の子の喰ふ如く
喰ひつゝ

柴負ひて
来る子　くる子も、顔よろし。
　かゝる磯わに、
　なごむ村あり

子どもらは、

背負縄《シヨヒナハ》かけて　続きたり。
放課時間の里ゆきとほる

山路来て、
髣髴《オモカゲ》さびし。
激《タギ》つ瀬の泡
脣《クチ》ひゞく
炭酸水のいろ

灯のつきて、おちつく心
とび魚《ウヲ》の　さしみの味も、
わかり来にけり

黙《モダ》行く心　知らざらむ。
連《ツ》れ人は、みなから若く

たのしむらしも
はかなさは　告げじとおもふ。
おのづから
先だち歩み
ひたすらにあり

緊《シマ》り来る夜目あはれなり。
若き人の、
起きてする如く
寝てふるまふに

ふたゝびは、
訪《ト》はずや　あらむ。
屋敷森の掘り井の水を

口含みつゝ

にぎはしき　港なりけり。

うち出でゝ

見る島々も、

家むら多し

緑濃き

能登の島かも。

海ぎはまで、かたぶく畠に

穂麦赫《アカ》れる

ありうさに　息づく人も、

なし　と思ふ。

能登の七尾《ナヽヲ》に、

われは来てけり

苦しみて

つひに　遂げざらむ

つくゞゝに、

世の和平《ニギハヒ》のこほしかりけり

甲種合格の大学生に

兵隊にとらるゝことの

にぎはしき　心をどりは、

さびしかるべし

兵隊のからだ苦しき

安らさは

告げやすからず。

若き人にむきて
　柁楼底歌《ダロウテイカ》

さかりつゝ
昼となり来る　汽車のまど。
　敦賀《ツルガ》のすしの
とればくづるゝ

煤《スヽ》まぜに
すゞ風とほる　汽車のまど。
寝つゝ　思へば、
　遠のきにけり

さかり来て、
いよ〳〵　さびし

と　ぞ思ふ。
能登のみ崎の
　おほ海の色

夏海の
荒れぐせなほる昼の
空。
われのあゆみは、
　音ひゞくなり

　一の宮

ことしも　来て、
この家《イヘ》の前庭《ニハ》に、向ひ居り。
あるじのやまひ
　こそのまゝなる

声ふえて
鳴くなる蟬か。
あかり来る
屋敷林の、梢《ウレ》を見につゝ、
いとまつげて　いなむ　と思ふ。
昼ふけて
あるじの臥処《ネド》は、
ひそまりて居り
朝の飯《イヒ》
湯気立ちてゐる　のどけさを
人とむかひ居、
言へば　さびしさ

日《ケ》ならべて、
旅のくるしさ。
汗ぬぐふ　われの心は、
泣かむとするも

大阪詠物集

大阪詠物集

梅田

家びとの老いを　省《ミ》に来し
大阪の
とよもす町は、
住みがたきかも

道頓堀

ひたすらの
心なごみや
　小屋ひろし。
天井をながめ　人顔をながめ

顔見世《カホミセ》のうち出しに、お福と彦徳《シホブキ》とに扮した二人が、太鼓囃しにつれて、人形身《ニンギヤウミ》で、采《サイ》をふりながら、踊る行事を、綴うちと言うた

おもしろく
　打つしころかな。
　　その踊りを見つゝ　思へば、
　　　忘れ居にけり

千日前

おのれまづ
たはれ遊びし　にはかしの
　をこの笑ひは、
人忘れけむ

木津鷗町

やうやくに
族人《ウカラ》かずへり　ゆき〳〵て、
　歳の夜を　遠き
　　ふるさとの
　　　おもひ

十日《トヲカ》戎《エビス》

ほい駕籠を待ちこぞり居る　人なかに、
おのづから
われも
待ちご〻ろなる

合邦个《ガツパウガ》辻《ツジ》

極めて幼い頃の夜の外出の記憶。其《ソレ》は夢であつたかも知れぬ。天王寺と木津との道の間。唯一つ憑《タノ》みにした閻魔堂のみあかし。十数年来、大晦日になると、まざ〳〵と幻影のやうに浮ぶ。あつた事か。空想の固着か

晦日夜《ミソカヨ》の　あらし
灯《ヒ》煽《アフ》つ　堂の隈《クマ》。
目にのこりつゝ、
現実《ウツヽ》なりけむ

今宮中学校

年を経て
聞くさびしさや。
教へ子は
おのも〳〵に
よく生けれども

天王寺中学校

あかしやの花　ふりたまる
庭に居りて、

人をあはれ
と　言ひそめにけむ

若ければ
人の恋《コホ》しく
秘むべきも
恥ぢはぢてこそ、
言《コト》に出にしか

雪まつり

雪まつり
三州北設楽《キタシタラ》の山間の村々に、行はれてゐる初春の祭り。旧暦を用ゐた頃は、毎年霜月《シモツキ》の行事であつた

山峡《ヤマカヒ》の残雪《ハダレ》の道を　蹈み来つる
あゆみ久し
と　思ふ
しづけさ

水脈《ミヲ》ほそる
山川《ヤマガハ》の洲《ス》の斑《ハダ》ら雪。
かそかに　うごく
ものこそはあれ
ひたぶるに
磧《カハラ》の路をあゆみ行く
ひくきこだまは、

われの跫音《アシオト》
せど山も 向《ムカ》つ峰《ヲ》も
見えわかれ居り。
残雪《ハダレ》の明り
色沈みつゝ
背戸《セド》山のそがひに、
いまだ 雪かたき
信濃の国を
心に もちつゝ
見えわたる山々は
みな ひそまれり。
こだまかへしの なき

夜なりけり
夜まつりの こだまかへさぬ
この夜かも。
山々の立ち
しづけかりけり
鬼の子の いでつゝ
遊ぶ 音聞ゆ。
設楽の山の
白雪の うへに

豊根村の奥、山内《ヤモオチ》に宿る

人おとの遠きに居む
と 山深く

屋場《ヤニハ》覓《マ》ぎけむ　ひとの
さびしさ

坐《ヰ》ながらに
こだまこたふる　屋敷標《ヤドシ》めて、
山の深きに、
おどろきにけむ

遠き世の山家《ヤマガ》の夜居《ヨヰ》や、
をとめ子は、
息づき若く
まじり居にけむ

花祭りの夜
たど〳〵の　翁語りや。

かつ〴〵に
聴き判《ワ》く我も
旅の客《キャク》なる

川　阪を越えて
はろ〴〵　来つる旅。

翁の語る　聞けば、
思ほゆ

山びとは、
歓び　浅くなりにけり。

おきなの語り
淫《タハ》れ行けども

夜まつりに、

たはれ歓ぶ
　山びとの　このとよみに、
　　われ　あづからず

　さ夜ふかく
大き鬼出でゝ、
　斧ふりあそぶ。
心荒らかに　我は生きざりき
　榾《ホダ》の火は
一むら明り
　消えむとす。
をとこを寄せず居る
　をとめあり

優《イウ》なりし舞ひ子も、
　かくて　山に経む。
山他妻《ヒトヅマ》に　なづさふ
見れば

山の木根《キネ》　枕《マ》きて、
　迭《カタミ》に　思ふらし。
顔見知りつゝ
　一夜かなしも
山びとの　徹宵《ヨヒト》たはれて
　明けにけむ
木原《コハラ》　くさむら
　蹈みつゝも　思ふ

屋庭《ニハ》　後苑《ハタケ》
朝霧おもし。
　人づまは
　　家のかしぎに、帰りけらしも
をとめ子は、
　きそのをとめに還りゐむ。
　　木の根の夜《ヨ》はの
　　人もおぼえで
いやはてに、
　鬼は　たけびぬ。
　　怒るとき
かくこそ、
いにしへびとは　ありけれ

遠き世ゆ、
　山に伝へし　神怒り。
　　この声を
われ
　聞くことなかりき
　　山懐《ヤマホド》の舞ひ屋《ヤ》
夜明くる　中倦《ナカダユ》み。
　まばらに、
　よべの人顔の　見ゆ
夜まつりは、
　朝に残れり。
日のあたり強き　舞ひ処《ト》に、

鬼は　まだゐる
春のことぶれ
春のことぶれ
歳深き山の
かそけさ。
人をりて、まれにもの言ふ
声きこえつゝ
年暮れて　山あたゝかし。
をちこちに、
山　さくらばな
白く　ゆれつゝ

冬山に来つゝ
しづけき心なり。
われひとり　出でゝ
踏む
道の霜
しみ〴〵と　ぬくみを覚ゆ。
山の窪。
冬の日　やゝに　くだり行く
いろ

あけ近く
沍《サ》えしづまれる　月の空

むなしき山に
　こがらし　つたふ
かさなりて
四方《ヨモ》の枯山《カラヤマ》　眠りたり。
遠山おろし　来る音の
する
　　目の下に
　　たゝなはる山　みな
　　　低し
天つさ夜風
　響きつゝ　過ぐ
せど山へ　けはひ

　過ぎ行く　人のおと
湯屋《ユヤ》も
外面《ソトモ》も
　あかるき月夜《ツクヨ》

水の上

一九四八（昭和二十三）年一月二十日、好学社発行（『釈迢空短歌綜集 三』）。四六判。

カバー装。三三六頁。

一九三〇年から三五年までの作品四六八首を収録。

水の上

水の上

うつ〳〵に　心むなしくゐるわれを　つく〴〵と思ふ。やみにけらしも

船まどのゆれ　つよしと思ふ。うつら〳〵　睡《ネム》り薬は、きゝて来《ク》らしき

生きよわる人の命を　ひたぶるに惜しと思へど、旅のすべなさ

はろ〴〵に　浮きて来向ふ海豚《イルカ》のむれ。委《ツバ》ら細《ツバ》らに　向きをかへたり

曇りとほして、四日《ヨカ》なる海も　昏《ク》れにけり。明れる方に　臥蛇《グワジヤ》の島見ゆ

山霞む日

おしなべて　山かすむ日となりにけり。山にむかへる心　こほしも

山原になほ鳴きやまず　夜のふくる山の雉子《キヾシ》を　聞きて寝むとす

山の夜に　音さや〳〵し。聴えゐて、夜ふくる山の霧を　おもへり

木立ち深くふみゆく足の、たまさかは、ふみためて思ふ。山の深さを

雪ふみて、さ夜のふかきに還るなり。われのみ立つる音の　かそけき

大和の山

大神々社

やすらなる息を　つきたり。大倭《オホヤマト》　山青垣に　風わたるなり

三輪の山　山なみ見れば、若かりし旅の思ひの　はるかなりけり
　多武《タフ》ノ峰《ミネ》に宿る
深々と　山の緑のかさなれるうへに　い寝つゝあり　とし思ふ
さ夜ふかく　起きて歩けば、山のうへ　神のみ殿に　音こたふらし
　年かはる山
山びとの　言ひ行くことのかそけさよ。きその夜、鹿の　峰をわたりし
湯の山に　ひとり久しき　年くれて、せど山のべに　花を覓《モト》むる
山深きこその根雪を　ふみ来つる　朝山口《グチ》の松の　あはれさ
正月の山に　しづるゝ雪のおと—。かそかなりけり。ゆふべに聴けば

かもかくも　過ぎゆく世なり。ことしげき年と思ふも、はかなかりけり

さ夜ふけて　障子白々見え来るは、そとの樅《モミ》に、雪重《オモ》るらし

行きつゝも　餌啄《エバ》みとぼしき鳥のこゑ―国の境の山の　かそけさ

道を来て、しづかなりけり。元日の夕づく日かげ　広くさしつゝ

日のあたりしづけき　道にあそべども、さびしくぞあらむ。村の子のむれ

寂しき春

寂しき春

すこやかに　養《カ》ふ蚕《コ》の眠り　足らへども、易《カ》ふべき銭を　思ふ　さびしさ

椎《シヒ》の茸《コ》の　春茸《ハルコ》のあがり　よきのみを　たのみとぞせむ。年のすべなさ

春山の芽ぶきとゝのふ　谷の村。昼鳴く鳥の声の　ものうき

春既《ハヤ》く　弥生《ヤヨヒ》の山となり行けど、黒木かこめる村の　ひそけさ

日のゆふべ　つゝ音《オト》聞きし宵遅く、春山どりの　つくり身を喰《タ》ぶ

津　軽

秋深く　穂に立ちがたき山の田に、はたらきびとら　おり行きにけり

朝さめて　あたま沍《サ》えゐる山の家。きその夜更けて　宿こひにしか

庭土にあたる日寒し。朝おそく　寂《シツ》けき村を　たち行かむとす

はまなすの赤き　つぶら実をとりためて、手に持ち剰《アマ》り―、せむすべ知らず

ひねもす　磯静かなる道を来ぬ。うしほ沁み入る　沙《スナ》のうへの色

鹿籠《カゴ》の海

鹿籠の海

うつそみの　人を思へり。咽喉《ノド》ゑごきしはぶきしきる―こゑひそめつゝ
めぐりつゝ　十年《トヽセ》来むかふこの夏の　からき暑さに、身はよわり居り
吹き過ぐる風をしおぼゆ。あなあはれ　葛の花散るところ　なりけり
ひたすらに霞《カス》むゆふべか。はろ〴〵に　この村はなれ　なほ行かむとす
外《ト》つ海に　夕さりつのる荒汐の　音のさびしさ。山に向き行く

いたゞきに吹かれて居たり。風の音や　空にこもりて、響かざるらし
夏山の青草のうへを行く風の　たまさかにして、かそけきものを
盆荒れの海にむかへる崎の町　遠ひとごゑは、寺山のうへ
鹿籠の　枕崎《マクラザキ》に来て、ゆふべなり。屋並みにつたふ汐騒《シホサヰ》の　音

沙丘《サキウ》の木

沙原《スナハラ》に　沙の吹き立つかげ　ありて―見れば、静かに移ろひにけり
沙原に　沙の流らふ音すらし。鴉二羽ゆく。頭よぎりて
はろ〴〵の　わたの沙原。時をりに　鴉ゐるらし―声　起りつゝ
このあたりまで　来て―波おとのなかりけり。沙こまやかに　うへ堅くあり

いきどほろしく来て、浜ばうふうを抜きにけり。茎白じろと　太りゐにけり

白々と　ばうふうの茎　太りたり。根を見れば、赤く染みてゐるなり

ねむゑんじゅ　立ち静まれるま昼凪《ナ》ぎ。沙山いよゝ　かすみつゝゆく

かくしつゝ、すべにまどへり。沙山の沙にうもるゝ　わが身ならまし

頴娃《エイ》の村

山原に来あふをみなに　もの言ひて、しづけき心　悔いなむとすも

頴娃の村　とほくはなれて、青々し　小松が原に　明り来る雨

うら〳〵と　さびしき浜を来たりけり。日はやゝ昏《ク》れて、ひゞく　浪音

海の風　秋と吹くらし。ひたすらに　萱《カヤ》枯れ原のなびくを　見れば

しづかなる村に　出でたり。村のあること忘れ来しひと時の　後《ノチ》
鳥のなく山を　おり来てたそがれぬ。つひに一つの　その鳥のこゑ
ひたぶるに　さびしとぞ思ふ。もろごゑの蟬の声すら　たえて久しき
ほの〴〵と　心ゆるみに聞きゐたり。そがひの山ゆ　おろし来る風
脚のべて　人はほそ〴〵と居りにけり。沙《スナ》をはらみてゐる　そのをみな

奥　州

猿ケ《サルガ》石《イシ》川に　ひたすら沿ひのぼり、水上《ミナカミ》ふかきたぎちを　見たり
みちのくの　幾重かさなる荒山の　あらくれ土《ツチ》も、芝をかづけり
山なかは　賑はへど、音澄みにけり。遠野の町にあがる　花火

峠三つ　越ゆる道なり。昼たけて、県巫《イタコ》の馬を　追ひこしにけり

日のうちに　山いくつ越ゆる旅ごゝろ　まれに行きあふ人に　もの言はず

みちのくの　九《ク》ノ戸《ヘ》の町に　やどりつゝ、この夜すごさむ―。心たらひに

みちのくの　九ノ戸の町の霧朝に、聴きわきがたき　人の声ごゑ

山深き家にやどりて、心疼《コヽログ》し。せはしくはたらく　家むすめかも

歳《トシ》　木《ギ》

山里は　年暖かく暮れにけり。歳木樵《コ》り積む　庭雪のうへ

ほのかなる人のけはひか。背戸山《セドヤマ》ゆ　庭におり立つ藁沓《ワラグツ》の　おと

山里の　隣りといふも沢向ひ、遠き屋庭《ヤニハ》に　日のけぶる　見ゆ

はろ〴〵に　散りぼふ家居《イヘヰ》　霞《カス》むなり。こなた　山かげ。山びとの庭

忘れつゝ、音吹き起る山おろしに、なほひそやかに散る　花あり

品川詠物集

大井出石

空曇る霜月《シモツキ》師走《シハス》　日並《ケナラ》べて、門《カド》の落ち葉を掃かせけるかも

隣りびとらのあなどり言《ゴト》を　告げに来るこのさかしびとも、言ひかねめやも

あなどられつゝ　住み古《フ》りにけり。おほよそは、となりびとらに　ことゞひもせず

山の音

恐山

をみな子を 行くそらなしと言ふなかれ。宇曽利《ウソリ》の山は、迎ふとぞ聞く

荒山に 寺あるところ―昏《ク》れぬれば、音ぞともなく 硫気《リウキ》噴くなり

最《モ》上《ガミ》

陸羽西線をくだる

最上川ぞひに ひたすらにくだり来て、羽黒《ハグロ》の空の夕焼けも 見つ

はろ〴〵に澄みゆく空か。裾ながく 海より出づる鳥海《テウカイ》の山

三矢先生、こゝに育ち給ひき

この国に　我は来にけり。山河に向けば、聞かむとす。ふる人のこゑ

羽後矢島

鳥《トリ》の海《ミ》の山ふところに、さ夜ふけて　こだまを聞けり。獅子舞ひの笛

池寺

池寺

難波《ナニハ》寺《デラ》　阿《ア》弥《ミ》陀《ダ》个《ガ》池《イケ》に棲《ヰ》る亀も、日なた恋《コホ》しく　水を出でつゝ

春の日の　けぶる日よろし。池寺の尼が餌を養《カ》ふ亀を　見つゝも

なには寺　堀江の岸に売る亀も、みなから買ひて　池に放たむ

町なかの寺のゝどけさ―。つゞきつゝ　夕鳴く鳥も　はろけくなりつ

たなそこを拍《ウ》てば　こだまのしづけくて、亀は浮き来れ―。水の底より

池のうへの　稚木《ワカギ》の花のたもちつゝ、今は　昏《ク》れゆく色となりたり

春の日のたそがれ久し。難波でら　みあかしの色　まださだまらず

ひそやかに　すぎにし人か―。なには寺夕庭白く　なりまさりつゝ

わが如く　言ふこともなく世にありて、あり果てにけむ人も　あるらし

いきのをに思ひゝそめて　ありしかば、逢ふこともなく　人はなりつも

人知れぬ若き思ひの人　死ぬと　聴きつゝ居れば、呆《ホ》けゆくごとし

まどゐする家の子どもと　ある我を　わびしと言ひき。人と知りつゝ

よき母も　よき父も　なほ憂かりけり。かなしと思ひき。人と知りつゝ

宵早く　とざす庭かも。石宮《イシミヤ》の夕花ざくら　甚《ヒタ》に散りつゝ

吹く風

大隅《オホスミ》の志布志《シブシ》の町に、このあした　秋づく波の音を　聞き居り

山おろしのよべの響きは　こもれども、朝光《アサカゲ》暑き山を　あゆめり

こと〴〵に　もの問ひ行けり。朝早き　伊敷原《イシキハラ》、田の幾群れに逢ふ

伊敷・原田《ハラ、》。村の名。その村々から出る販婦《ヒサギメ》を亦、然言ふ。所謂「いしき・はら、の捲き上げ髪」の姿で、鹿児島の町に出て来る

つら杖

つら杖

うら〳〵と 睡《ネム》り仏《ボトケ》の頬杖《ツラヅエ》に対《ム》きゐる我も、草がくれなる

調和感なき日々

阪のうへゆ ひたと来向ふ自動車や―。あはれ 我を轢《ヒ》く音を 立てたり

自動車の窓 目を過ぎぬ。輝きて、菊の花のごとし。をみなごの顔

鳥屋の荷 せきせい鸚哥《インコ》の高音《タカネ》なり。見る〳〵籠に満ちて ふくれつ

青葉木の木群《コムラ》　ねり来る絹の傘幾つ　あはれと見れば、消えつゝ
音羽護国寺《オトハゴコクジ》の　門《モン》とほり、錦襴《キンラン》張れる牀店《トコミセ》を見つ
くろ〴〵と　縁台の下ゆまろび出《デ》し　喙《クチ》ばかりなる　大き雀
はろ〴〵に　聞きつゝ寒し。食堂は、嵐のごとき　人の声ごゑ

谷に向ひて

山中の金《カナ》くそ土《ヅチ》の虎杖《イタドリ》は、たけには立たず　太く曲れり
朝草刈《アサクサ》に　人出ではらふ崖の村。青々として　ふり来るゆふだち
谷々の若葉は　すでに色こはし。山の曲線《タワミ》の　おもりかに見ゆ
谷の木の　とほき木《コ》むらの藤なみは、とばかり見えず。色のあはきに

山中に来入りかそけき心なり。松の葉黄《ミドリ》は、伸びはてにけり

昼とほく 村離《サカ》り来し松のなか―。あはれ 松風の音の、ひゞける

朝やけ

ほの〴〵と 朝づたひ来る人のこゑ―。あはれのことや 人の 死にける

よべ暑く 一夜つかれて寝しほどに、この朝しづけき 人のこゑ〴〵

蟬のこゑ こぞりておこる朝牀《アサドコ》に、手足のべつゝ 人を惜しめり

思へどもなほ あはれなり。死にゆけば、よき心すら 残らざりけり

庭暑き萩の莟《ツボミ》の、はつ〳〵に 秋来《ク》といふに、咲かず散りつゝ

朝よりの暑さに起きて、ものぐさく、畳につゞく虫を 見て居り

この夏や　惜しき人おほく死にゆきて、かゝはりなきが、さびしかりけり
　心まづしく
これの世に　苦しみ生きてみつぎするわがはらからは　ことあげをせず
我よりもまづしき人の着る物の、見るに羨《トモ》しく　と、のほりたり
ことさらに人はきらはず。着よそひて行かむ宴会《ウタゲ》を　ことわりて居り
見るふみも　おほくはわびし。まづしさをいきどほろしく　あげつらふなり
　大学の独立など言ふことかまびすしき頃、ひそかに顧みらるゝこと多し
まづしさは　人に告げねど、ねもごろに遊べる人を見れば、おもほゆ
炭焼きの子にも生《オ》ひ出ず　はつ〳〵に　口もらふなり。学問によりて

よき家に生れざりしを身の不請《シガ》に　思へと言ひし親は、かなしも
親々の心かなしも。富み足りて　さてこそ子らは生《ナ》さめ　と言ひし

信濃びと、共に

春のおとづれ

除夜の鐘なりしづまりぬ。かそかなるそよぎをおぼゆ。かど松のうれに
子どものばくち　見て居たりけり。銀座の春の　のどけさにして

かそかなる睦月《ムツキ》の　山の昼曇り。ひたすら聞ゆ。枯れ原の　おと

萱《カヤ》がくれ　低き祠《ホコラ》は、洗ひ米《ヨネ》　霰《アラレ》の如く散りて　凍《コゞ》れる

山の湯処々

夕まけて　寒き湯村か。傘さして　貧しき軒を　見てまはるなり

湯気ごもり　小雨落ち来る谷の入り。湯をもむ唄の　ひとつに響く

悔いつゝも　なほ人事《ヒトゴト》にかゝづらひ、山のそよぎを聞けば、おもほゆ

朝暗く　たぎちの音を聞きにけり。ひたすら過ぐる　深き瀬の　音

山中ゆ出で来し人の　我に言ふすべなきことを　何とこたへむ

空清き　閏七月《ウルフシチグワツ》望《モチ》過ぎの暁の道を　寂しまむとす

松山に　夜の道白くとほりたり。十七夜月《ジフシチヤヅキ》　峰にこもれり

信濃びと、共に

富士見

釜無《カマナシ》の峡《カヒ》の村より　のぼり来し校長ひとり　夜深く　対《タイ》す

和田峠

二貫目の鰻を売りて　何せむに―。峠を　諏訪《スハ》へ還る人かも
自動車のほこり　みじかく道に立ち、たちまち遠し。昼山ぐもりに

村講演

月々の給与に代《カハ》る畑《ハタ》つ物《モノ》の　ことしの出来《デキ》は、わらひ難しも
年どしに　暮しあやぶき村に来て、なほおほよそに　もの言はむとす

村宿

霜庭を蹈みて来ぬらし　けたゝましき鶏《トリ》を叱りて　縁より落す

信濃駒場《コマンバ》

ひたごゝろ　落ちつかむとす。夜《ヨル》ふけて　旅役者のむれ来て　泊り合ふ

虎杖丸《イタドリマル》

――金田一京助先生の本、「アイヌ叙事詩ユウカラの研究」をよんで

ひとり神我《ガミ》を　おふしゝ我が姉の、言ひし語《コト》こそ　かそけかりけれ

父母の生《ナ》せるにあらず。はじめより　嫺《ナラ》ふことなし。ひとりの我は

ひとり神我を　おふしゝ我が姉や――、父母の子と　生《オ》ひにけらしも

堅凝《カタゴ》りの凍土《ヒヅチ》　蹈み荒し　ほころへど、姉が手離れ　いまだ寝なくに

さびしさも　言ふこと知らぬいにしへの　幾代の人の　心泣きけむ

老　婢

おぼろ夜と　更けゆく卯月望《モチ》の夜の空に、ひゞきて渡る　鳥の群れ

この夜《ヨル》や　臥《ネ》つゝ謡へる苅萱《カルカヤ》の唄は、嫗《オムナ》も　さびしかるらし

夜のくだち　起きよと言へば起きにけり。家嫗《イヘオムナ》をば　町につかはす

わが家に　住みし年月を　思ふらむ。庭の日なたに　出でゝ居る姥《ウバ》

電報により

死にゆけば　すなはちとほし。しみ〴〵に　姉のおもわの　思ひ難しも

くさむら

くさむら

大宮在　万作をどり

くちをしく　日ごろをあれば、袖乞《ソデゴ》ひの昔をどりを　呼びて来させつ

いにしへの無慙法師《ムザンホフシ》の旅ごゝろを　をどる男は、汗をかきたり

袖乞ひの踊りたのしさ。あまりにも　たのしくあるを　あやしまむとす

おもしろくして　すなはち　さびし　古踊り―。見れば、うつゝの悲しまるなり

人嫌ふ時

ものくる、都びと、 われを見るならし。路に群れ来る子らに 向き居り
ひたぶるに 物喰はせよと かくの如《ゴト》ちひさき者も、我をあなどる

夏相聞

あかしやの垂《シダ》り花《バナ》見れば、昔なる なげきの人の 思はれにけり
ひそやかに 蟬の声すも。こゝ過ぎて、おのも〳〵に 別れけらしも
あかしやの夕目ほのめく花むらを 今は見えずと 言《コト》に言ひしか

山《ヤマ》厨《クリヤ》

春洋《ハルミ》の病ひを養ふほど、北軽井沢にあり

こと足らで　住み馴れにけり。うど　やまめ、魚　青物も　ひとつ草の香

鳥の声まれになり行く山なかに、来向ふ秋は　ひそけかりけり

山小屋は　栂《トガ》の林のなかなれば、さびしき子らの　声あぐるなり

山なかは　喰ふものもなし。指入れて　地虫《ヂムシ》の穴を　覆《カヘ》し居るなり

灯のもとに　今宵にほへる海胆《ウニ》の色。しみ〴〵　山をさびしがらしむ

曇る汐路

曇る汐路

日に五《イツ》たびの汽車　のぼりきりて、鰺ケ《アヂガ》沢《サワ》　家ひた〳〵と並ぶ――海側《ウミヅラ》

海側《ウミヅラ》に　汽車よりおりて、乗り継がむ車待つほどに　曇り濃くなれり

みちのくの十三湊《ジフサンミナト》。渡り来る人絶えにけむ　昼波の　ひゞき

昼さめて　障子にうごく波の照り　うつ〳〵見れば、風邪ごゝちなる

北国《キタグニ》の　ほどろに曇る夕やけ空。歩み出にけり。湊はづれまで

西津軽　能代《ノシロ》道

磯原に　つぶさに　並びうつる見ゆ。青年訓練の人そろへなり

大阪のよき人ひとり　宿すと言ふ。その人を見ず　立ち行かむとす

とび〳〵に　村は薄《スヽキ》の岡のなか――。ゆくりなく見ゆ――。雪よけの垣

海の湯

今日ひと日　ながめ暮してゆふべなり。越路《コシヂ》をすぎて　出羽に入る汽車
霙霽《ミゾレハ》れて　浜にぎはへり。はた〱も　幼鰤《フクラギ》もみな　舌につめたき
鰰《ハタヽヽ》のはら、ごの　口に吸ひあまる腥《ナマグサ》さにも　したしまむとす

村の親

汐入り田は　霜折れ早し。さそはれて　我は到れり。蘆むらのなか
神《カム》さびて女夫《メヲ》の河童《カハゴ》の見ゆるさへ、あはれなりけり。水漬《ミヅ》き田の霜
村々の　水にとられしをさな子の命をおもふ。見ぬ　親々のため
をさな等《ラ》は　いづこにゆきて生きぬらむ―。かそけく思ほゆ。親々の願ひ
あたらしき　石の菩薩《ボサチ》のあかき　袈裟《ケサ》。その子の親の　名すら　つたなき

こなや踊り

道の霜消えて 草葉の濡れわたる 今朝の歩みの、しづかなるかな

家々に 花はおほかた残らねば、だりやのあけの、しがみつきたる

榛《ハシバミ》も勝軍木《ヌルデ》も すべて枯れ〴〵に、山 ものげなき道 登り来ぬ

しづかなる山に向ひて 思へども、おもひ見がたきものこそは あれ

をち方に 屋《ヤ》むら見えたる府中町《マチ》 八《ヤ》十叢《ソクサムラ》につゞきつゝ 見ゆ

村なかに 昼日照りたる広き辻。ほしいまゝにも 人踊るなり

旅人《タビニン》の祭文《サイモン》がたり うらさぶる辞宜《ジンギ》正しく 人に替りぬ

声さびてあはれなるをも 聴き居るに、祭文語り かたり進めよ

時遅く　柿の実残る村里の梢《コズヱ》見はらす　冬草の上

いきどほるすら　くやしとぞ思ふ。我よりもいやしきものが　われをのゝしる

かくしても　なほ堪ふべきか。ひたぶるに　才《ザエ》なき奴ら　我をのゝしる

おもしろき　こなや踊りを見て居しが、日野の夕汽車を　忘れ居にけり

大阪

時長き　老いはらからのあらがひは、わくる人なく　おのづから止《ヤ》む

すべなくて　世にある人と思へども、言和《コトナゴ》やかに　言ふべくもあらず

鶯《ウグヒス》の身じろく音の　あはれなり。命死なざるもの、　かそけき

肩ひろく坐《スワ》りゐるなり。たはやすく　このよき人を　人のあざむく

たゞ二つ　年をへだて、兄弟《アニオト》は礼《ヰヤ》なかりけり。逢へばあらがふ

はらからの　一つ衾《フスマ》をかゞふりて寝しことをすら言へば、さびしき

雪ふりて　牡丹雪とぞなりゆける　障子をあけて、もだしゐるなり

うつそみの　兄の対《ムカ》ひて言ふことにあらざることを　すべなかりけり

曽我廼家《ソガノヤ》のしばゐを見たり。老いづける　兄をしひたぐるを見て　おもふなり

年たけてたゞ二人のみ　残りたるはらからゆゑに、思はざらめや

乾く春

年深く

木曽

雨霽《ハ》れて　村はひそけきあしたなり。山々の眠り　深みゆくらむ
峡《カヒ》の村　早く宿りて、風呂たゝぬゆふべを　かたく坐《スワ》り居にけり
太ぶと、梁《ハリ》仰がれて　居間寒し。国ところ訊《キ》く人に、書かせ居り
夜を徹《コ》めて　響くこだまか。木曽の谿《タニ》深く宿りて、覚《サ》めて居《ヰ》るなり
冬あたゝかく　日ねもす汽車に乗り来たり、ひねもす　人とことばをまじへず

静けき空

送られ来て、檞《カシ》も　くぬぎも　ひたしづむゆふべとなりぬ。別れなむとす
山里の薄花桜　はつ〲に咲く時見れば、あはれなりけり

ひたぶるに黙居《モダヲ》る顔の　あはれなれば、告ぐることなく　別れか行かむ

から松の冬枝《フユエ》立ち繁《シ》む曇り空―。今宵の雪を言ひて　後《ノチ》なる

ながらふる雪吹きとほす　風の峠《タワ》。四方《ヨモ》にひゞきて　雪の音のみ

山茱萸《サンシュユ》の鬱金《ウコン》　しとゞに雪とけて、にぎ〳〵はしき里に来にけり

川祭り　戯歌

水無月《ミナヅキ》の望《モチ》の夜《ヨ》。月は冴え〳〵て、うつる隈《クマ》なし―。地にをどるもの

遠やまひこ

一九四八(昭和二十三)年三月一日、好学社発行(『釈迢空短歌綜集 四』)。四六判。

カバー装。三四四頁。

一九三五年から四〇年までの作品四八二首を収録。

雪ふたゝび到る

凶年

なか〳〵に　鳥けだものは死なずして、餌《ヱ》ばみ乏しき山に　声する
家に飼ふものは　しづかになりにけり。馬すら　あしを蹈むこともなし
山の村に　幾日すごして　出で来つる我の心の、たのしまなくに
村山の草のいきれを　のぼり来て、めくらを神に　いはふ祠あり

春ひねもす

日ねもす　すわり居たりしか―。この夕光《ユフカゲ》に、山鳥　きこゆ

年深く　山は静かになりにけり。山鳥の声　あはれ　うつるも

年かへる日に逢ふ今日か。旅にして　巷《チマタ》の人を出で丶　見むとす

この朝明《アサケ》　熊野速玉《クマノハヤタマ》　神の門《カミト》に、羽音《ハオト》さやかに　おり来《コ》や。鴉

山かげは寒しといへど、雲きれて、睦月《ムツキ》こ丶のかの日ざし　あたれり

賑はしき年とはなり来。門松《カドマツ》に雪すこし散りて　人の音する

歳の朝　人ことわりて会はねども、人来ることは　あしくあらなくに

年どしに　人いとふ癖つのるらし。睦月の朝を　坐《スワ》りゐるなり

ひた〳〵と　跫音《アノト》聞ゆるゆふべかも。山深く行きて　帰り来にけむ

年暮る丶山のそよぎの　かそかなる幾ところを過ぎて、我は来にけむ

雪ふたゝび到る

初め、大雪の来たのは、二月四日である。此夜《コノヨ》にはかに、友人を亡ふ

如月《キサラギ》の夜に積む雪の　いちじるく生き〳〵てこそ　はかなかりしか
逝くものは疑ひがたし。あかつきと　雪ひたすらに　明り来にけり
ふる雪の　ほどろ〳〵に落ち来たる空に向ひて、さびしまむとす
明けがたの雪を蹈み〳〵　老いびとの悔《クヤ》みに来るを　見迎へてゐる

再度の雪、東京を埋む

たゝかひを　人は思へり。空荒れて　雪しと〳〵とふり出でにけり
つゝ音を聞けばたぬしと言ふ人を　隣りにもちて　さびしとぞ思ふ

三矢先生

先生を悲しんだ翌朝、琉球へ旅立つたことも、遠い記憶となつた。今年はそれから、十三年になる。さうして、また、明日は、南島へ向はうとして居る

師は　今はしづかにいます。荒あらと　われを叱りし声も　聞えず

我が耳は聞かずやあらむ。窓の木の　梢《ウレ》うごくよと　言ひたまひけむ

十年《トヽセ》あまり三とせを経たり。師の道も　かつあやまたず　我は来にけむ

山びとゝ共に

湯の村は　山浅くして、川牀《カハドコ》に伐りおろされし　木天蓼《マタヽビ》の枝

山の蜾蠃《スガル》のひとつ　出で入る道のうへに、立ちどまりつゝ　かそかなりけり

この夜ごろ　よく眠るなり。寝につけば、ほと〳〵白む朝《アシタ》を　知らず

大きなる山虎杖《ヤマイタドリ》の葉の面《オモテ》に、我がつく息のなづさふを　見つ

山びとの市に出で来て　買ふ物の　ともしげなるが、あはれなりけり

山人の　山より来たり、雪の町にかたらふ声の大き　けうとさ

はるかなる島

はるかなる島

久《ク》高《タカ》なる　島の青年《ヲグナ》の言ひしこと　さびしき時は、思ほえにけり

久高島。首里《シュリ》から陸路三里、海上三の、つと、の東海にある。神の島と言はれて来た。人は神を思ふこと篤く、未《イマダ》、人にして神なる祝女の威力が、深く信じられてゐる。常は女ばかり、其に、老癈《ラウハイ》の男の、寂《シツ》かな生を営む低平島《ヒラシマ》である。唯《タヾ》、若い男も、遠洋の荒稼ぎに堪へぬ病弱な者ばかりが、稀《マレ》に寂しく残つて居る

久高より還り来りて、たゞひとり思ひしことは、人にかたらず

東京のよき唄をひとつ教へねと　島びとは言ふ。礼《ヰヤ》深く来て

はろ〴〵となりゆくものか。伊平屋島《イヘヤジマ》　後地《クシヂ》の山は、前島《マヘジマ》の空に

伊平屋島は、那覇から航程一日の洋中に在る。大きな島二つに分れて、前地《メインチ》は伊是名《イゼナ》、後地は、伊平屋と言つてゐる

遠ざかり来て、阿旦《アダニ》の藪に降る雨の音を思へり。島は昏《ク》れつゝ

波の音暮れて　ひそけし。火を消ちて　我はくだれり。百按司《モヽヂヤナ》の墓

国頭郡《クニガミ》運天《ウンテン》港は源為朝《タメトモ》の舟はてした地と伝へる。崖の高処・低処到る所に、古代の按司《アンズ》の墓と伝へて、陶甕に骨を収めた塚穴が、幾十となく散在してゐる

島山の　春閑《シヅ》かなる日を経れど、春唄うたふ乞食《カタキ》に　あはず

「梅が香や　白良《シラヽ》　落窪《オチクボ》　京太郎」の、句に残る其「京の小太郎」の物語を主として語り、春は、人形を舞して島々・村々を廻つた日本《ヤマト》の芸能人があつた。その裔《スヱ》は念仏聖として残つて、かの古い語りごとすら、今は忘れて行くやうである

国頭《クニガミ》の山の桜の緋に咲きて、さびしき春も　深みゆくなり

国頭《クンチャン》とも発音する。沖縄の中、最《モツトモ》地高く、旧習の多く存してゐる地方。此《コノ》国土の著しい歴史を形づくつた旧族は、大抵この、山と海との、繁く入り乱れた処々から、出たのである

山菅《ヤマスゲ》の　かれにし後《ノチ》に残る子の　ひとり生《オ》ひつゝ、人を哭《ナ》かしむ

末吉安恭は、才能と、善良とを持つて、不慮の事に逝いた。思へば、この人にあうたこと、前後二度を越えないであらう。その後、十四年を経て、其よい印象は、島の誰の上よりも深く残つた。那覇退去の日に近く、遺児某女の訪れを受けた。陳べ難い悲しみを感じて作つた万葉の旧調。故人の筆名の麦門冬は即《スナハチ》、旧来、山菅だと解せられてゐるものである

波の色

柏崎《カシハザキ》の町見えわたり　長浜の草色とまじる　海人《アマ》の茅屋根《クズヤネ》
崎山の篠《シノ》も　薄《スヽキ》も臥しみだれ、海風　ひたとおだやむ夕《ユフベ》
崖《ガケ》したに　干潟ひろがり物もなし。ひそけきゆふべ　浪のよる音
静かなる夕さり深き浪のおも――。海より風の吹く　音もなき
寒ざむと　佐渡に向ひて波ひろし。ひたすら　海の色さだまりぬ

かたよりて　雲の明りの　なほ著《シル》き海阪《ウナサカ》につきて、佐渡　低くあり

故旧

山里びと

わが来たり　久しく起きてゐる家の　夜《ヨ》はのあかりにむきて、思へり
いにしへびと　我に言ふことのあはれなれど、この人さへや　我をあざむく
へつらひを人に言はれて　さびしけくなり来る心　せむすべもなし
あきらめて応《イラ》へて居たり。いにしへの知れる人すら　へつらひを言ふ

出羽

雪を払ひ　乗りてはおり行く人を見て、つく〴〵と居り。汽車のひと日を

昼遅く　鉦《カネ》を叩くが山中に響くは、雪に　人を葬《ハフ》るなり

日は天頂《ツジ》にのぼりて　頓《トミ》にくらき日か。雪蹈みに来る　小学生の声

死者の書

死者の書

「死者《シシャ》の書《フミ》」とゞめし人のこゝろざし━。遠いにしへも、悲しかりけり

神像に彫《ヱ》れる　えぢぷと文字よりも、永久《トハ》なるものを　我は頼むなり

神像と　木乃伊《ミイラ》と　幾つ並ぶ見て、わが弁別《ワカチ》なき心に　おどろく

若き時　人にまじらむ衣《コロモ》なみ、はかなかりしか。とほく遊びて
わが衣《キヌ》の　垢づく襟のあはれさを　歌によみしも、この人なりけむ
　五十《イソ》ぢびと

鉄骨の大天井《オホテンジヤウ》に　いかめしく　仰ぎて見たり。縦横《ジユウワウ》のひゞ
建て物のなかに入り来て、朝響く　この牀音《ユカオト》に　聞きおぼえあり

　煤《スヽ》ふる窓

　煤ふる窓

やどりする心になりて、昼くだち　子どもあらがふ村に　入り来ぬ

ひろ〱と　空照りかへす曇り波。鵜の鳥ひとつ居《キ》る岩《イハホ》　見ゆ

親不知《オヤシラズ》の駅を来離れ、やゝ久し。ひたすら蒸《ム》して　荒るゝ海面《ウナヅラ》

若き時　遊びくらしてさびしかりしが、老いそめて今　切《セツ》におもほゆ

くるしくも　旅の日なかに人に会ひ、目に入る汗を　拭《ヌグ》ひだにせず

ねむり来て　我は疲れぬ。信濃べの車窓の山に　なほ残る雪

秋　霜

いさましきにうす映画に、うつり来《コ》ぬくさむら土《ツチ》を思ひ　かなしむ

戦ひに堪へゐる時に、我が知れるひとり〱も　よき死にをしつ

山の端

曽我《ソガ》の里

霜荒れの下《シタ》土深き杉林。この道　曽我の中村に　越ゆ
曽我の山　麦の葉生《ハゾ》えに寒き風。はたらく子あり。遊べる子あり
梅の花　すでに盛りの村に入り来て、雛《ヒヽナ》を棄つる子の群れに　あふ
いにしへに　よきはらからの生《オ》ひし里―。曽我の家群《ヤムラ》は、ちり〴〵に見ゆ
曽我寺の岡にのぼれば、わかれ見ゆ―。日向《ヒナタ》　山背《ソトモ》の　村の家々
ひそかなる笑みをこらへぬ。曽我の子の　古木《フルキ》の像を見つゝ　よろしき

寺の子は　寺の子さびて遊ぶなり。声に立てども、音ぞ　ひそけき

山寺の昼を罷《マカ》らむ―。篁《タカムラ》におち行く水の音　ひゞくなり

村の藪　深く自転車乗り入れて　入り行きし人は、何をせるらむ

今は　冬もまたく過ぎたり。日あたりに　ひとしきりづゝ降る　梅の花

富士の雪　かく思ほえぬ鄙《ヒナ》の村の　裏山のうへに、尖《サキ》ばかり見ゆ

那覇の江

那覇の江

南《ミムナミ》の波《ハ》照間《テルマ》島《ジマ》ゆ　来しと言ふ舟をぞ求む。那覇の港に

洋中《ワタナカ》に　七日《ナヌカ》夜《ヨ》いねて来しと言ふ　波照間舟《ブネ》に、処女《ヲトメ》居にけり

那覇の江にはらめき過ぎし　夕立は、さびしき舟を　まねく濡《ヌラ》しぬ

をちの海　夕片照りに―干瀬《ヒセ》の浪の、いよ〳〵白く砕けつゝ　見ゆ

「干瀬」は、珊瑚礁の方言

青波に入りて　たちまち消え行きしさびしき舟か―。波照間の舟

夏鳥

山くらく　幾日降りつぐ雨ならむ。今日も　とぼしき村をのみ　過ぐ

たゝずめば　ひたに思ほゆ。山深く　かく入り立ちて、我は還らじ

たまさかに入り来し　山の日だまりに、けだものゝ毛の吹かるゝを　見つ

夏草の浅き山原に、野の鳥の群れてわしれり。けだものゝ如《ゴト》

山の秀《ホ》の緑かわきて　春深き四方《ヨモ》国原は、白く澄みたり

をち方に　しやつを干したり　たゞ一つ寂しき家を　見かけつゝ行く

村口《ムラグチ》に　辛夷《コブシ》の一木《ヒトキ》立ちにけり。春深くして、今日散りつくす

山峡《ヤマカヒ》の一樹《イチジュ》の桜　見えて居て、暮れ行く村に、こよひ寝むとす

桜の後《ノチ》　風荒れ過ぎぬ。山なかは　真日《マヒ》ひそけくて、霜崩《シモク》えの音

枯山《カラヤマ》に向きて　我が居る時長し。尾長鳥など　また居なくなる

風の間《マ》は　梢《コズヱ》みだるゝ山の空。空にきり入る　赤松の幹

自動車の響きぞ来たる。時を経て　山あひを出づる車体の　光り

うしろより　風鳴り過ぐる広き道―。からだ冷えつゝ　ひとり歩めり

ひたすらに　道とほりたり。白々と　ほこりをあげて　空《ムナ》しかりけり
山底に　道はる〴〵ととほりたり。冬山なかに　白き道なる

忽忙

春の日の七日　暇《ヒマ》なく出で歩き、人にあひつゝ　人を憎めり
春の日の七日　日ねもす出で疲れ、悔いて寝《ヌ》る夜は　夜なか過ぎたり
春の日は　たゞのどかにてあらましを―。人の家を出でゝ　目に沁む青空
処女子《ヲトメゴ》の　沓《クツ》のかゝとをそばたてゝ歩ける道に　さびしかりけり
をみな子の春の衣《コロモ》の　照りにほふ道を帰りて、世を憎むなり
我よりもまづしき　家の娘らに、かの照る衣《キヌ》を　買はなと思ふ

処女《ヲトメ》らの春の衣《コロモ》を著《キ》てあるく心　さぶしも。多くは富まず

友だちと　おほく語らず還り来て、きのふも居たり。今日も然居《シカヲ》り

憎まれてありと思へり。はかなさを　おしころしつゝ、問ふにいらへつ

何の書《ショ》も　心そゝらず　ひたすらに睡《ネム》きひと日を　すわりとほせり

風の中

風の中

山中に　汽車行く夜《ヨル》を　けだもの、たむろを思ふ　心なりけり

ことし　雪早く到りて、山の丘根《ヲネ》　木曽上松《アゲマツ》の駅《ウマヤ》を　圧《アツ》す

隣国の空に入り行く電柱を　仰ぎ来たりて、風にし　いこふ

二月の春

如月の山のおくがに入り行きて、かそけきもの丶音　聴かむとす

山なかに　家二つありて、字《アザ》をなす。かく音もなく　人は住みけり

市井山沢

青山に　末はまぎる丶道なれば、かへらぬ我と　ならむとすらむ

深ぶかと　林の奥に入り行きて　還らざりせば、寂《シツ》けからまし

やまとをぐな

わが父の声も聞えぬ　傍国《カタシクニ》あづまに居れば、心虔《ツヽ》しむ

この国や　いまだ虚国《ムナグニ》。我が行けば、あゝ下響《シタトヨ》み　地震《ナヰ》ぞより来る
あな重《オモ》の—剣《ツルギ》の太刀か—。去日《キソ》一夜《ヒトヨ》生膚《イキハダ》冷えて　我は睡《ネム》りし
松一木《ヒトキ》ある彼《カ》のみ崎寂《シヅ》けくて、生ける物なき　夕陽《ユフカゲ》の色
焼津野《ヤキツノ》の小野の草蹈み　蹈み哮《タケ》び、野火の炎の流らふる　見つ
手力《タヂカラ》の　あなさびしさよ。人よべど、人はより来ず。恋しかりけり
天地《アメツチ》のなしのまゝなる神力《カムヂカラ》　持てあますとも　人は知らじな
山に臥すけだものすらよ　子を愛づる。我は劣れり。親に憎まゆ
世の人の持たぬ力を　我が持ちて、かぞいろはさへ　我をおもはず
青雲ゆ　雉鳴き出づる倭《ヤマト》べを遠ざかり来て、我哭《ナ》かむとす

大倭日高見《オホヤマトヒダカミ》の国は　父の国―。青山の秀《ホ》に　かくろひにけり
伊勢の宮に年の幾年　ひとり住み、今朝の殿出に　若きわが叔母

夜の思ひ

くさむら

草はらに唯ひとむらの　茎赤き藪人蔘《ヤブニンジン》も、蹈みてとほりぬ
くさむらを悲しみ出づる我が裾に、ぬすびと萩の　つきて来にけり
空澄みて　風の音すら聞えねば、あまりさびしき山　降り来ぬ
島山の原に　ひとりは居りがたし。海山空　青くよりあふ

島の沙《スナ》 ひたすら白く光る日を 我は再見《フタヽビ》むと 来たりぬ

大倭国原の歌

飛鳥社

目の下に 飛鳥《アスカ》の村の暮るゝ靄《モヤ》―。ますぐにさがる 宮の石段《イシキダ》

桜咲く日ねもす寒し。飛鳥びと出で入る山の 見えわたるかな

山の田に 草を刈り敷く人出で、 いとなむ見れど、千年《チトセ》過ぎたり

夜の思ひ

きさらぎの 望《モチ》の日ごろの暮るゝ空。しづかにをれば、つたふもの音―

老いぬれば 心あわたゞしと言ふ語《コト》の、こゝろ深きに、我はなげきぬ

おもむろに　吹きて立ちたる笛の座に残しゝ　笛を思ひ居たりき
大きなる草鞋《ワラヂ》をぬぎて　雪の日に出で行きし人　あはれ後《ノチ》なし
西郷を　よしと思へど、さびしきは　はかなしごとに我　かゝづらふなり
夜《ヨル》ふかく　薬をつかひ起きゐたる憂きならはしも、今は絶えにき
夜をとほし起きゐる癖も　絶えにけり。五十《イソ》ぢに入りて、昼もゝのうき
我はやく　人とゝもにも遊ばずて、五十ぢを過ぎぬ。悔いざらめやも
躑躅花《ツヽジバナ》　にほへる家に帰り来て、我は　をかしき何も　なかりき
夜に入りて　にはかに心うごくなり。もの言ふ人を　さけつゝぞ居る
村寺のしだれ桜の　冬枯れの　とほ〴〵しくも　思ほえにけり

かくばかり さびしきことを思ひ居し 我の一世《ヒトヨ》は、過ぎ行かむとす

春王正月《ハルワウノシヤウグワツ》

春聯片々

道のべの 救世軍をあなどりて過ぎ来たりしが、今はさびしき

日々出で、人に会へども、我が笑ふ心にふりて 言ふ人もなし

なりはひに倦《ウ》みつゝ、ものを思ふとは 我告げなくに、人知りにけむ

研究室に入りて みづから戸をとざす さびしき音を、告げざらむとす

人間の世に過ぎゆける いにしへのすぐれし人も、かなしかりけむ

いにしへのひじりと言はれし人々も、思ふを遂げず　過ぎやしにけむ
阿波礼《アハレ》　阿那《アナ》　於茂志呂《オモシロ》と言ひて、夜を続《ツ》ぎし神の遊びに、習ふすべなきか

鷙《シ》　鳥《テウ》

鷙　鳥

――たゝかひのたゞ中にして

山のいぬ狼出でゝ　人喰ふを、閑《ノド》に見むとす。このわが心
人ほふる山の真神《マガミ》に　現《ウツ》し身《ミ》をほどこさむと言ひし人ぞ　こほしき
群《ムラガ》りて　鳴きつゝ降る　大空の鷙鳥の下《シタ》を　我は行くなり

大空に群れつゝ飛べど　人喚《くら》ふことなくなりし鷲鳥の　さやぎ

をり〳〵に　頭痛を感ず。いきどほりに堪へ居る我の　よりどころとす

雪の日に　そこばく人は歩み去り、死にゆくもの、　うしろを見たり

日々の机

古き代《よ》の恋ひ人どものなげき歌　訓《よ》み釈《と》きながら　老いに到れり

我が本を沽《う》りて　貨殖をはからむと思はぬのみが、ほこりなるべき

ともしきに辛くして生く――。この語《こと》の聞きよろしきに、誘惑《おび》かれて生く

うづたかく積める貨物の間より、自動車主《ぬし》が　笑ひつゝ堕つ

枯れ〳〵て　煤《すゝ》けそよげる木々の間《ま》に、生きつゝ立てる　鉄柱の張り

海岸に　汐うちあがるところより、歩み返して、我を叱れり
とゝのほれる　馬の系図のよろしさは、馬知るらめや。馬の系図を
世にあれば、犬　馬　鶏も、類族《ルヰ》ひろく系図を持てり。我は及ばず
老いづきて　人に憎まゆ。厭はれて　ひとりを守《モ》るは、たのしきにあらず
人々の　われを厭へる噂を　聞きおどろかぬ老い　到るらし
友だちの老いを助くるはかりごと　しつゝ思へば、我や　楽しき
瘦々《ヤセヽヽ》と　若肌黒み頸細き　この青年に負けつゝや　居む
大御代の若代《ワカヨ》の民と　生れ来しことそのことも　我及《シ》かめやも

うつくしく死にゆくことの　さきはひを　言《コト》に言はぬは、深く知りけむ

天地に宣る

一九四二(昭和十七)年九月二十日、日本評論社発行。四六判。函入り。一九八頁。
一九三七年から四二年までの短歌一八〇首・詩三篇を収録。
本歌集より『遠やまひこ』に六〇首、『倭をぐな』に二六首が収録される。

天地《アメツチ》に宣《ノ》る

天地に宣る

昭和十六年十二月八日

大君は　神といまして、神《カム》ながら思ほしなげくことの　かしこさ

暁の霜にひゞきて、大みこゑ聞えしことを　世語りにせむ

人われも　今し苦しむ。大御祖《オホミオヤ》かく悩みつゝ、　神は現《ア》れけれ

天つ日の照り正《マサ》しきを　草莽《クサカゲ》に我ぞ歎きし。人の知らねば

天地に力施すすべなきを　言出《コトデ》しことは、昔なりけむ

たゝかひの場《ニハ》に 哮《タケ》べば、我が如き草莽人《クサカゲビト》を 人知りにけり

天地の神の叱責《コロビ》にあへる者 終全《マタ》くありけるためしを 聞かず

還らぬ海

家びとに告ぐることなく 別れ来し心を 互《カタミ》にかたりつらむか

父母に心を別《ワ》きつゝ 告げがたき思ひを守《モ》りて、うれひけらしも

潜《カツ》く舟 行きて還らずなりしより、思ふ子どもは 神成《カミナ》りにけり

南《ミムナミ》の洋《ワタ》の大空とよもせど、言《コト》とひしなば、幼声《ヲサナゴヱ》せむ

捷報

陸軍少尉藤井《フヂヰ》春洋《ハルミ》、わが家に来り住みて、ことしは十五年なり

老いづけば、人を頼みて暮すなり。たゝかひ　国をゆすれる時に
たゝかひに家の子どもをやりしかば、我《ワレ》ひとり聴く。勝ちのとよみを
おのづから　勇み来るなり。家の子をいくさにたてゝ　ひとりねむれば
ひとり居て　朝《アシタ》ゆふべに苦しまむ時の到るを　暫し思はじ
いとほしきものを　いくさにやりて後、しみ〴〵知りぬ。深き　聖旨《ミムネ》を
さびしくて　人にかたらふ言《コト》のはの　ひたぶるなるは、自らも知る

たゝかひに立ち行きし後、しづかなる思ひ残るは、善く戦はむ

刹　那

かくの如く、心軽き刹那もあらむ。我が憑《タノ》む人々。願はくば、我が綴る
拙き謔語に笑へ

戦場に　心澄み来るこの時や、死到る時と　堪へて居《ヰ》るなり
敵情報告了《ヲ》へて　なほ　我佇立《ワレチヨリツ》せり。この時おぼゆ。溢れ来るもの
思はじとして　我ましぐらに走《ハ》せしかば、たゝまゝ来り　脚にとゞまりにけり
ゆくりなき友軍を　見し時よりも、とよもし深く　飛行機過ぎぬ

戦時羇旅

霜凪《シモナ》ぎ

今日の午後　汽車より来り、日本第一《ニッポンダイヽチ》諏訪《スハ》大軍神《ダイグンジン》のみ社《ヤシロ》を　望む
大霜は　いまだ到らず。昼過ぎて　低き靄《モヤ》立つ。山原《ヤマハラ》のうへ
戦ひの年のしづけさ。諏訪びとは、早く　秋繭《アキマユ》も売りはなしたり
旅にして聞くは　かそけし。五十戸の村　五人《イツタリ》の戦死者を迎ふ

たゞ憑《タノ》む

頰赤き一兵卒を送り来て、発《タ》つまでは見ず。泣けてならねば

汽車の窓　あけ放ち居し若き兵の面《オモ》わはすべて　遠ざかりたり

田をあがり来て、雪袴《ユキバカマ》を脱ぎ行きにける兵も　死なずて、戦ひ移る

戦ふ春

春寂び

古き教へ子、おほかた、我より若きこと十《トヲ》を踰《コ》えず。つぎ〳〵出で、、
南北支那に戦ふ

大君の伴《トモ》の隼雄《ハヤヲ》に　向きて言ふことばにあらず。我はくどきぬ

大君の伴の隼雄は、我が老いの　漸《ヤヽ》到れるを言ひて　出で立つ

草《サウ》莽《マウ》

湘南鉄道を降りて

海工廠《カイコウシヤウ》の町に入り来て、あまりにも春ひそけきを、思ひつゝ　とほる
山なかに　猫のあそぶを見て居つゝ、数ふえ来れば、追ひちらすなり
我ひとり出でゐる浜に、はるかなり。音となり来る　飛行機のかげ
あるきつゝ　春日《ハルヒ》寂しむうしろより、追ひ越し消ゆる　とらつく　いくつ

微　賤

わが心おさへ難しも。草深く利鎌《トガマ》をふるふ。深く入りつゝ
戦ひは　このごろいとまあるらしと思ひ　入り行く。木草《コグサ》の原に
南《ミムナミ》の支那に向ひて行きけむと　思ふことだに　かそかなりけり

うからなる伴《トモ》の隼雄《ハヤヲ》のおこすふみ　心深きに、我は哭《ナ》かれぬ

青山に澄みて光れる日の光り。桜を見れば、国はたゝかふ

いや深く　国はたゝかふ。暇《イトマ》なく　人にあひつゝ　思ひ敢へなく

山里は　桜の盛り　菜のさかり。にぎはしき時を　兵おほく立つ

黙禱す

陸軍中尉佐藤正宏、びるま しったん河に敵勢を探る。その導きによりて、一軍、渡渉を終へたる時、已に命絶ゆ。其《ソノ》父、正鵠大佐は我が旧友なり

物部《モノヽフ》の家の子どもは、親をすら　かくはげまして　いくさに死にき

わが友は　一行《イチギヤウ》の文《フミ》も書かざりき。ひそかなる死は、国びとを愛す

萱山《カヤヽマ》に　炭竈《スミガマ》ひとつ残りゐて、この宿主《ヤドヌシ》は　戦ひに死す

国のため　よく死にゝけり。ものゝ数ならざるものは　さびしけれども

若き日を炭焼きくらし、山出でし昨日か　既に戦ひて死す

戦ひにやがて死にゆける　里人の乏しき家の子らを　たづねむ

庭も狭《セ》に　食用菊《シヨクヨウギク》を栽ゑたるが、戦死者の家と　教へられ来ぬ

溜め肥えを野に搬《モ》つ生活《ヨスギ》　つく〴〵に歎きし人は　勇みつゝ死す

春王正月《ハルワウノシヤウグワツ》

この頃、世間の歌、空しき緊迫に陥りて、読めどたのしく、聴けど心ひらくるものなし。かくして漸く、歌びとに疎く、ひとり詠じて、多くは人に示さず。嗤《ワラ》ひにあはむことを虞《オソ》るればなり

睦月《ムツキ》立つ　戦ひごとのうへに聞くこゝだのことも、忘れざりけり

むつきたつ　戦ひ人は思へども、思ひ見がたき　遥けさにして

むつき立つ　春しづけさを歩み出でゝ、道に　日あたる一つ木を見つ

しづかなる春なるかもよ。はるかなる戦ひ人を思ふに、よろしき

睦月立つ　驕ることなきいくさ人　旧《モト》の生活《ヨスギ》に馴れゆく　あはれ

睦月たつ　たゝかひゞとの還り来し家の前田の　薄氷《ウスラヒ》の光り

たゝかひは未《イマダ》をはらね、睦月たつ処女《ヲトメ》の家に　よき衣あれ

いさぎよく死にゆくことの　さきはひを言《コト》に言はぬは、深く知りけむ

留《トヾマ》り守る

国大いに興る時なり。停車場《テイシヤバ》のとよみの中《ナカ》に、兵を見うしなふ

たゞ一人ふたりと　肩を並べ行き、ひそかに別るゝこと　欲《ホ》るらむか

送られ来し兵は　しづけき面《オモ》あげて、挙手《キヨシユ》をぞしたる。はるけき　その目

死なずあれと言ひにしかども、彼《カレ》　若き一兵卒も、よくたゝかはむ
生きて我《ワレ》還らざらむ　とうたひつゝ、兵を送りて　家に入りたり

苦しき海山

ことし、選集「新万葉集」を選ぶに苦しみ、心に適ふ処を求めて、屢《シバ》〻移る。晩夏・初秋の風物、すべて、我を喜ばすこと少し

いこひなく　日毎《ヒゴト》過ぎつゝ、いちじるき今年の暑気も、かたることなき
さ夜《ヨ》更けて眠るすなはち　目のさめて、おどろき思ふ。国は戦ふ

死もまた、ばいろん卿に及ばざるか

たゝかひに行きて　果てむと思へども、人には言はず。言はざらむとす
我つひに　このたゝかひに行かざらむ。よき死にをすら　せずやなりなむ

奥地《オクチ》より　歩兵少尉のおこすふみ　とだえてあるも、思ふに　よろしき

倭をぐな

一九五五(昭和三十)年六月三十日、中央公論社発行。編集は、鈴木金太郎・伊馬春部・岡野弘彦。四六判変型。函入り。四九二頁。

一九四一年から五二年までの作品九八八首を収録。

作者が生前にほぼ編集を終えていた「倭をぐな」と、それ以降の「倭をぐな以後」に分かれる。

倭《ヤマト》をぐな

長夜《チヤウヤ》の宴《エン》

静かなる庭

浜の道　ひたすら白し。羽咋辺《ハクヒベ》へ　人ゆかなくに　とほりたりけり
松の風　しづかなりけり。静かにてあれとおもふに、あまりさびしき
里びとも　蹈むことはなし。草荒れて　さびしき道の　浜にとほれり
しづかなる家にかへりて、たそがれの庭苔にふりて　かなしむらむよ

たぶの木の　ひともと高き家を出でゝ、はるかにゆきし　歩みなるらむ

雪すでに深く到りて、しづかなる日ごろとなれり。たのしまなくに

ゆくものは　つひに音なし―。気多《ケタ》の浜　沙隠《スナゴモ》りたつ　つく〳〵しのむれ

子を寝しめ　夫《ツマ》をねしめて、灯のしたに思ひし心　かなしかりけり

夫《セ》も　我も　いまだは若し。よき家を興さゞらめやと言ひし　人はも

春すでに深しと言へど、たまつばき　ともしく散りて、つぎては咲かず

羽咋の海　海阪《ウナサカ》晴れて、妣《ハヽ》が国《クニ》今は見ゆらむ。出でゝ見よ。子ら

やまとをぐな

やまとをぐな

あなかしこ　やまとをぐなや――。国遠く行きてかへらず　なりましにけり
わが御叔母《ミヲバ》　今朝の朝戸にわが手とり、此《コ》や　ますら雄《ヲ》の手と　なげきけり
来る道は　馬酔木《アシビ》花咲く日の曇り――。大倭《ヤマト》に遠き　海鳴りの音
尾張には　いつか来にけむ――。をとめ子の遊べる家に、このゆふべ居り
をとめ子の遊べる見れば、心いたし。をとめといまだ　我は遊ばず
我が呑まむみ酒《キ》かと問へば、娘子《ムスメゴ》のかざす觴《ウキ》の面《モ》　いよゝ揺れつゝ
娘子の立ち舞ふ見れば、くれなゐの濃染《コゾ》めの花の　裳《モ》のうへに散る
をとめ子の　今朝の浜出《ハマデ》に言ひしこと　いつか来なむと　言哭《コトナ》きにけり

をとめ子のいねしあひだに出で来しが—、さびしかりけり。ぬすびとの如《ゴト》

子をおもふ親の心の　はかりえぬ深きに触りて、我はかなしむ

熱鬧《ネツダウ》に住む

家常茶飯

この頃、歌の先人の頻《シキ》りに恋しきに

とぼしかる游学費より　さきし金—師にたてまつり、あまりわびしき

歌よみの竹の里びと死にしより　五年《イツトセ》のちの畳に　すわる

歌よみの左千夫《サチヲ》の大人《ウシ》の前に居て、おさへがたしも。傲《タカブ》り心

歌人《ウタビト》は　皆かたくなに見えたまふ。左千夫の大人　躬治《モトハル》のうし

はるけき空

ひと日の後

しづかなる夕ぐれどきを　ほの〴〵と　眼底昏《マナソコクラ》く　書《フミ》かきつげり

さびしくて、さびしき人らのつどひ居《ヲ》るところを避《ヨ》きて来にし　我なり

既《ハヤ》　壮《ワカ》き人とかりにも謂《イ》ひ難き齢《ヨハヒ》になりて、人をかなしむ

絶え間なく　人に読み説き、忘れ居つ――。万葉集《マンネフシフ》の清き　しらべを

もの音のたゝぬ午後なり。時として　瓦斯《ガス》管などは、音《ネ》に出づるらし

春寒

釋迢空

ふるさとのやどもうつらふ―。この日ごろ見て還り来て、我は　ひそけき

老いぬれば、ふるさと人のかそかなる心おどろき、家居《イヘヰ》をうつす

喰ひ物のありあまる日は、軒に来る鳥　けだものも、あはれに思ほゆ

夕空にみだるゝ虫のかげ見れば、春寒《ハルフユ》近く　なりにけらしも

こゝろよきつどひのゝちに、たゞ一人　日ざし冬なる道を　かへりぬ

三月某日夜、品川駅歩廊にて

この国のたゝかふ時と　はしきやし　若きをとこは、堪へとほすらし

若き人のひきはたかれて在るさまを　見つゝ堪ふるなり。われも悔《クヤ》しき

わが肌に響きて　苛《カラ》し。たなそこは　若き彼頬《カノホ》に　鳴りにけるかも

守雄来たる

わが家居　やゝにたのしも。二人ゐて　もの言ふ数の　少けれども

硫気《リウキ》ふく島

たゝかひのたゞ中にして、
我がために書きし　消息
あはれ　たゞ一ひらのふみ―
かずならぬ身と　な思ほし―
如何ならむ時をも堪へて
生きつゝもいませ　とぞ祈る―

きさらぎのはつかの空の　月ふかし。まだ生きて子はたゝかふらむか

洋《ワタ》なかの島にたつ子を ま愛《ガナ》しみ、我は撫でたり。大きかしらを

たゝかひの島に向ふと ひそかなる思ひをもりて、親子ねむりぬ

物音のあまりしづかになりぬるに、夜ふけゝるかと 時を惜しみぬ

かたくなに 子を愛《メ》で痴《シ》れて、みどり子の如くするなり。歩兵士官を

大君の伴の荒夫《アラヲ》の髄《スネ》こぶら つかみ摩《ナ》でつゝ 涕《ナミダ》ながれぬ

横浜の 片町《カタマチ》さむき並み木はら。木がらしの道に 吹きまぎれ行く

こがらしに 並み木のみどりとぶ夕《ユフベ》。行きつゝ 道に 子を見うしなふ

あひ住みて　教へ難きをくるしむに　若きゆゑとし　こらへかねつも

野山の秋

昭和廿年八月十五日、正坐して

大君の宣《ノ》りたまふべき詔旨《ミコト》かは―。然《シカ》るみことを　われ聴かむとす

戦ひに果てしわが子も　聴けよかし―。かなしき詔旨　くだし賜《タ》ぶなり

大君の　民にむかひて　あはれよと宣らす詔旨に　涕噦《ナミダ》みたり

野山の秋

故旧とほく疎散して、悉く《コトゴト》山野にあり

ふるびとの　四方《ヨモ》に散りつゝ住むさまも　思ふしづけさ━。すべのなければ

八月十五日の後、直に山に入り、四旬下らず。心の向ふ所を定めむとなり

ひのもとの大倭《ヤマト》の民も、孤独にて老い漂零《サスラ》へむ時　いたるらし

野も　山も　秋さび果て、　草高し━。人の出で入る声も　聞えず

おしなべて煙る野山か━。照る日すら　夢と思ほゆ。国やぶれつゝ

しづかなる山野《ヤマノ》に入りて　思ふべく　あまりにくるし━。国はやぶれぬ

道とほく行き細りつゝ　音もなし━。日の照る山に　時専《モハ》ら過ぐ

ひとり思へば

畏《カシコ》さは　まをすゝべなし――。民くさの深きなげきも　聞《キコ》しめさせむ

老いの身の命のこりて　この国のたゝかひ敗《マ》くる日を　現目《マサ》に見つ

戦ひに果てにし者よ――。そが家の孤独のものよ――。あはれと仰《オフ》す

勝ちがたきいくさにはてし人々の心をぞ　思ふ。たゝかひを終ふ

悲しみに堪へよと　宣《ノ》らせ給へども、然《シカ》宣る声も、哭《ナ》かし給へり

たゝかひは　過ぎにけらしも――。たゝかひに　最苦《モトモ》しく　過ぎしわが子よ

思ひを次の代によす

今の世の幼きどちの生《オ》ひ出で、 問ふことあらば、すべなかるべし

年長《タ》けて 子らよ思はね。かくばかり悔しき時に 我が生きにけり

いちじるく深き思ひは 相知れど、語ることなし。恥ぢに沈めば

飲食《オンジキ》の腹を傷《ヤブ》らぬ工夫して たゞゐるい間《マ》に、国はやぶれぬ

今朝《ケサ》の夜《ヨ》の二時に寝ねつゝ 起き出で、はたらく朝は、昼に近しも
長夜《チヤウヤ》の宴《エン》の如く遊ばむ

戦ひに負けし心のさもしさを わが祖々《オヤ、、》や 思ひだにせし

いからじと堪へつゝ居れば、たのしげに　軍艦まあち　をはり近づく

まふらあを空に靡《ナビ》けし　飛行機のをみなをぞ思ふ―。たゝかひのゝち

思ふ子はつひに還らず。かへらじと言ひしことばの　あまりまさしき

茫　々

春茫々

還ることなしと思ふ心さだまりに、この頃さびし―。人に愁訴《ウレ》へず

ある時は　たゝかひ果てゝかへり来むよろこびをすら言ふを　おそれし

情報局に招かれて

一介の武弁《ブベン》の前に 力なし。唯々《ヰヽ》たるかもよ。わが連列《ツラ》の人
たけり来る心を 抑へとほしたり。報道少将のおもてに 対す

池田弥三郎、復員

ぼた脚をふみて還りて あぐらゐる畳の上を 疑はむとす
あめりかの進駐軍の弁当と 言ふを食ひしが 涙ながれぬ

日の光り

公報いたる

たゝかひは永久《トハ》にやみぬと　たゝかひに亡《ウ》せし子に告げ　すべあらめやも

淡　雪

あは〳〵し　今朝の淡雪《ハタレ》に行きあひし進駐兵と　もの言ひし後《ノチ》

雪はるゝ朝の天気のほがらなる　わが心しばし　ものは思はじ

たゝかひは　あへなく過ぎぬ―。思へども　思ひみがたき時　到るらし

我が心　虐《サキナ》みて居む―。人みなのほしいまゝに言ふ世と　なりにけり

たゝかひに果てし我が子の　目を盲《シ》ひて　若《モ》し還り来ば、かなしからまし

還り来にけり

国おとろへて、なほ若き命を存す。今は、おんみ等の為に、たゞ春の到

ることを告げむ

かつ〴〵も命まもれと　別れにしかの日も遠し―。還り来にけり

なげきつゝ行き散りし日を　夢の如《ゴト》思ひ見るらし。かへり来にけり

春の風三日《ミカ》吹きとよむ窓のうちに、書《フミ》よみくらす。還り来にけり

焼け原に春還《メグ》り来る　きさらぎの風の音きけば、死なざりにけり

春遅き焼け野の木群《コムラ》　うちけぶり、まざ〳〵見ゆる　伊皿子《イサラゴ》の阪

静かなる音

静かなる音

あさましき都会となりぬ。其処《ソコ》に住み、なほ悔い難きもの、　はかなさ

つば低く帽子を垂れて、近々と　我を瞻《マモ》れるものにぞ　対す

次の代《ヨ》に残さむすべてを失ひし　我が晩年《イリマヘ》は、もの思ひなし

あへなくも　たゝかひ過ぎぬ―。思ふ子を得ずなりしすら　思ひ敢へなく

思ふ子は　雲居はるかになりゆけり―。去りゆけりとぞ　思ひしづめむ

たゝかひに果てし我が子を　かへせとぞ　言ふべき時と　なりやしぬらむ

たゝかひに果てし我が子の　還り来し夢を語らず。あまりはかなき

戦ひにはてしわが子と　対《ムカ》ひ居し夢さめて後《ノチ》、身じろぎもせず

しつけよき犬を撫でつゝ　狎《ナ》れがたし。この犬も　我が喰ひ分《ブン》を　殺《ソ》ぐ

よき衣《キヌ》をよそほひてだに　居よかしと思ふ。笑へるをとめを見つゝ、
をみな子の身体髪膚《ハツプ》　ちゞらかす髪の末まで　親を蔑《ナ》みする
たゞ今宵いねて行けよと　復員の弟子を泊めしが―、すべあらめやも
みんなみの遠き島べゆ　還り来し人も痩せたり。われも痩せたり

春　雪

うらぶれて　剽盗《ヒハギ》に堕つる民多し。然《シカ》告ぐれども、何とすべけむ
春深くなりゆく空に　しみ〲と　飛行機とよむ―。あはれ　飛行機
三月に入りて　比日《ヒゴロ》を雪来たる。思ふ―今年も　憑《ヨ》るところなき
をみな子のふみ脱ぎ行きし　雪沓《ユキグツ》を　軒に出しぬ。雪に埋《ウモ》れよ

極月、新劇団の人々合同しての公演あり。まことに、久闊の思ひに堪へず。而もその演目の、ちえほふ氏の優作なるにおいてをや

たのしみに遠ざかり居て　もの思へば、桜の園に　斧の音きこゆ

東吉《トウキチ》・土之助《ツチノスケ》より我童《ガドウ》を経て、仁左衛門をつげる十二代目松島屋、見はじめて五十年を踰《コ》ゆ

国敗れたる悔いぞ　身に沁む――。なまめける歌舞妓びとをすら　ころすなりけり

月僊《ゲッセン》筆「桃園結盟図」を聯《ツラ》ね吊りて、凪《ナ》ぎ難き三年の思ひを遣りしか

たゝかひの間《ホド》をとほして　掛けし軸――。しみ〴〵見れば、塵にしみたり

たゝかひに果てしわが子の、ゆくりなく生きて　還らむこと、な言ひそね

たゝかひに果てし我が子の、謂ふ如く　囚はれ生きてあらば、いかにせむ

たゝかひに果てしわが子の　我が為と、貯へし　銭いまだ少《スコ》しき

遊び

やまと恋
——おなじ長歌の反歌

たはれめも　心正しく歌よみて　命をはりし　いにしへ思ほゆ

をとめ子の清き盛時《サカリ》に　もの言ひし人を忘れず――。世の果つるまで

道のべに笑ふをとめを憎みしが――、芥《アクタ》つきたる髪の　あはれさ

ひるのほど　よもぎもちひをくれゆける　人をしぞ思ふ――。ともし火のもと

ともし火のもとに　ひとりは居りがたし――。よもぎ香にたつ　もちひたうべて

まれびとも　くりや処女《ヲトメ》もよびつどへ、手に〳〵渡す。よもぎもちひを

なには人に寄す

浪花《ナニハ》びと呆《ホ》れつゝ遊ぶ　春の日の住吉詣で　見むよしもなき

なにはびと紙屋治兵衛《カミヤヂヘヱ》の行きし道　家並《ヤナ》み時雨《シグ》るゝ　焼け野となりぬ

うつくしく　駕籠《カゴ》をつらねて過ぎにしを　思ひつゝ居む―。十日《トヲカ》戎《エビス》を

としたけて　朝げ夕げにくるしむと　我を思ふな。さびしかるべし

たぶの木の門

昭和廿一年、春洋《ハルミ》の生家に滞留した。能登の桜も、おほかたは散り過ぎるころ―

過ぎにしを思はじとして　わが居れば、村しづかなる　人のあしおと

さう〳〵と　雨来たるなり―。森のなか　古木の幹を伝ひ来るもの

見る〳〵に　羽咋《ハクヒ》の方ゆ　音立てゝ、はまひるがほに　降り来たるなり

金沢医科大学生矢部健治君は、もと春洋の部下であつた。島を出た最後の船で、送り還された一人である

みむなみの硫黄が島ゆ　還り来し人を　とふなり―。北国の町に

からかりし島のいくさに　まだ生きて在りしわが子に　別れ来にけり

日を逐《オ》ひてきはまり来たる島いくさ―。そこに　わが子も　まだ生きて居し

言毎《コトゴト》に深くうべなふ―。島いくさ亡ぶる時《ホド》の　人のたちゐを

朝　花

鄙《ヒナ》の湯

春の日にあたる叢《クサムラ》　しづかなるそよぎの音も　聞き過ぎがたし
いにしへの筑摩《ツカマ》の出で湯　鄙さびて、麦原《ムギフ》にまじる　連翹《レンゲウ》の花
南《ミムナミ》に　尾をひく山の末とほし―。霧捲き来たる　赤松の丘根《ヲネ》
呆《ホ》れ〴〵と　林檎の歌をうたはせて、国おこるべき時をし　待たむ
国やぶれて　人はあらがふわびしさにそむきてをれど、見え　聞えつゝ
夜ふかく　ほむらをあげてとほるなり。窓にせまりて　大き汽車過ぐ
みむなみの遠き島より　還り来し人は呆《ホ》れたるまゝに　時行く

朝　花

草の露しとゞに　明けてすが〳〵し―。起きか別れむ。合歓《ネム》の朝花
仰ぎ見る　しづけき塔の片壁に、朝日あたれり―。あはれ　鐘の音《ネ》
か丶はりもなきが　はかなし―。しみ〴〵と　羅馬《ローマ》かとりつくの寺の鐘　鳴る
やはらかに足ふ睡《クラ》り《ネム》は、大きくて　たゞすなほなる犬とこそ　思へ
目ざめ来る昨夜《ヨベ》のふしどの　あはれさは―、枕に延《ハ》へる　昼貌《ヒルガホ》の花
やはらかに睡りし程ろ　我が髪を嗅ぎて行きけむ―。大き白犬
叢《クサムラ》の深き夜さめて、停りゆく遠き電車を　聴きし我なり
あかしやの垂《シダ》り花《バナ》　白く散り敷けば、思ひ深めて　道をくだりぬ

そらにみつ　大倭《ヤマト》の恋の趣致《アハレ》さも、国やぶれては、かひやなからむ

ま裸になりて踊れど、わがをどる心にふりて　とふ人もなし

　ある日　かくて

ゆくりなく　塩屋連《シホヤノムラジ》鯯魚《コノシロ》と言ふ名聯想《ウカ》びて　ゆふべに到る

たゝかひに果てし我が子は　思へども、思ひ見がたし。そのあとゞころ

戦ひにはてし我が子を　悔《ク》い泣けど、人とがめねば　なほぞ悲しき

たゝかひにはてし我が子が　夥多《カズ》の歌―。ますら夫《ヲ》さびてあるが　はかなき

戦ひに果てしわが子のおくつきも　守る人なけむ―。わが過ぎゆかば

たゝかひに果てし我が子の墓つきて、我がなげく世も―、短かるべし

わが子らの　ゆきてかへらずなりしをも　人と語れば―、たのしむごとし

佐渡にわたる

柏崎《カシハザキ》に宿る

旅にして　なほさびしき―。道なかに　群れて遊べる町びと　見れば

石地《イシヂ》村　形蔵院に向ふ

出雲崎　屋並《ヤナ》みせまれる露地深し―。夕日たゆたふ荒海の　波

良寛堂に　あそべる小きもの、群れ―。子どもと　雀　弁《ワカ》れざりけり

金光女国手の家に宿る。慥爾氏両女の住む所にして、大嬢の夫は、南に

ゆきて未だ還らず

子どもあまた育つる家に　しづかなるあるじのすがた　顕《タ》ち来る思ひす

ふるき人　かほもおぼえず。しかれども　覚えあるごとし――。その子を見れば

さ夜ふけて　夕立ち来るに、目ざめつゝ　おもふしづけさ――。佐渡にわが居り

真野《マノ》の宮　砌《ミギリ》におつる秋の葉の桂のもみぢ　すでに　色濃き

のどかなる山をくだりて――、しづかなる寺に降りたり――。その夕庭に

国びとの古きことばの　にほはしきひゞきを聞きて、われは　かなしむ

赤松のむらたつ道に　たゝずみて――、かなしみ深き山を　仰げり

最《モツトモ》古き教へ子本間朝之衛など、五十は既に過ぎたるべし
若き人のをどるを　見れば、心いたし――。古き手ぶりは　散る花の如《ゴト》

古き扉

流離

「悲しき文学」

いにしへの　生き苦しみし人びとのひと代《ヨ》を言ふも、虚しきごとし
くるしみて　この世をはりし人びとの物語りせむ――。さびしと思ふな
静けきに還る

ひたすらに　世の過ぎ憂さを告げに来る　村の媼《オムナ》を　時に叱りつ

静けさは　きはまりにけり。年ふかく　山よりくだる―焼《ヤ》き畑《バタ》の灰

若者のひとり〳〵に還り住みて、住みかなふらし。冬となりつゝ

おのづから　棚のもちひの干破《ヒワ》れつゝ―おつるひゞきを　見に立ちにけり

しづかなる春は還りぬ。しづかなる村の生計《タツキ》を　かなしまめやも

夜半の音

昨夜《ヨベ》　酔ひて苦しみ寝ねし夜のほどろ　地震《ナヰ》のより来る音を　聞きしか

のどかにも　この世過ぎにし先ざきの平凡《タヾ》びとたちの　思ほゆるかな

潰《ツヒ》えゆく国のすがたのかなしさを　現目《マサメ》に見れど、死にがたきかも

行く雲

信濃びと、我に屢《シバヽヽ》、疎開をすゝむ。我従はず。空襲、春より秋に渉りて愈熾《サカン》なるに及び、慂《スヽ》め益《マスヽヽ》、懇ろを極む。然れども我頑なにして、終《ツヒ》に其心に随はず。戦ひ終りて後、一度《ヒトタビ》其家を訪れて、志深きを謝す。山河の静かなるに対して、そゞろに自ら、我が生の微かなるをあはれむ

静かなる国を罷《マカ》らむ―。思へども　老いをやしなふ時　なかるらし
老いの世に　かくのどかなる山河を　見るがかなしさ―。来つゝ住まねば
たゝかひに果てし　我が子を思ふとも、すべなきことは―我よく知れり
寝つゝ　我が思ひしづまるしづ心　いともかそけく　今はなるらし
こがらしの吹きしづまりに、鳴き出づる背戸屋《セドヤ》のとりの　忽《タチマチ》鳴かず

古き扉

一谷嫩軍記見物《イチノタニフタバグンキ》。大将義経の胸中、思ふべきものあり

熊谷《クマガイ》の次郎のがれて去りし後《ノチ》、須磨のいくさの、むなしかりけむ

大学の研究室に　干破《ヒワ》れたる名札をかけて、忘れなむとす

遠つ世の恋のあはれを　伝へ来《コ》し我が学問も、終り近づく

いのちなりけり

石上順、還る

わたなかの島に　とかげを食ひつくし　なほ生きてあるを　おどろきにけむ

なにのために　たゝかひ生きてかへりけむ―。よろこび難きいのちなりけり

淡雪の辻

淡雪の辻

勇《イサム》らは　いづく行くらむ—。このゆふべ　寄席《ヨセ》行灯《アンドン》の光り　しめれり

はなしかの誰かれ　今はぬき出で丶　よくなれり言《ト》ふ—。き丶つ丶ぞ　よき

上総《カヅサ》水脈《ミヲ》　青みて寒き朝海に、向きてなげくは、左平次か　われか

新内《シンナイ》の紫朝《シテウ》　今宵も死ねよかし—。あまり苦しく　こ丶ろゆすれば

義太夫のをんな太夫も、悲しくば、声うちあげよ—。巡礼歌を

くちなしの鋭きにほひ　高橋《タカバシ》の　永花《エイクワ》の客は、鼾立てつも

くつがへるほど笑ひて　ひとり出で行きし客の心は、我も　知りたり
曇り空　雪となりゆくほのあかり―蘆洲《ロシウ》よ。すこし　きほひつゝ　よめ
とりとめもなく過ぎしわかさを　しみぐ〵と　悔ゆるにあらず―。よせのたゝみに
過ぎし代《ヨ》の　きらびやかさは、清方《キヨカタ》の若絵《ワカヱ》の如し―。すべあらめやも

昔の卓

あすたぽぽの夢

のどけさの一代《ヒトヨ》の後に　ほのぐ〵と　遠青ぞらの　澄みゆくが如《ゴト》
若き代の長夜のあそび　きらく〵し―。ほこりし人も、老い朽ちにけり

ひと代然《シカ》あそびて人は過ぎにけり―。ほしきまゝなることは、悔いなき
わかき日の我が悲しみに　あづからぬ兄を見つゝも　羨《トモ》しかりしか
遊びつゝ世をゝはりけむ　ありし日も、おもしろげなること　なかりけむ
髣髴《オモカゲ》に顕《タ》つさびしさや―。こはゞりてすがれし榾《ホダ》の如く　果てけむ
わが兄の臨終に来し　のどかなる思ひは、いとも　かそけかりけむ
兄の死を思ふさびしさ―。あらそひて別れし日より　幾ばくもなし
とるすといの如く　死なむと言ひにしが―、沁みて思ほゆ。あまり寂《シヅ》けき
とるすといの死の如《ゴト》死なむ―言ひ〱て　竟《ツヒ》にかそけし。兄を思へば

親を憶ふ

我が父の持てる杖して　打ちたゝくおとを　我が聞く―。骨響く音

わが母の白き歯見ゆれ―。我が哭《ナ》けば、声うちあげて、笑ひたまふなり

母ありき―。いきどほりより澄み来たる顔うるはしく　常にいましき

母ゆゑに　心焦《イラ》れに笑ふこゑ　肌にひゞきて、たふとかりけり

姉が弾く琴の爪《ツマ》おと　うちみだれ、吹雪と白み　怒る　わが母

うるはしき母の弾く手に　習ひえぬ姉をにくめり―。あはれに思へど

　竟《ツヒ》に還らず

我《ワレ》どちにかゝはりもなきたゝかひを　悔いなげゝども、子はそこに死ぬ

たゝかひに果てし我が子のおもかげも、　はやなごりなし。軍団《イクサ》解けゆく

たゝかひに果てにし子ゆゑ、身に沁みて　ことしの桜　あはれ　散りゆく

戦ひにはてし我が子を思ふとき　幾ほどもなき命　なりけり

たゝかひに死にしわが子の　果てのさま―委曲《ツバラ》に思へ。苛《カラ》き最期を

たゝかひに果てし我が子の歌　選《ヨ》りて、書《フミ》につくれど、すべあらめやも

戦ひにはてし我が子のかなしみに、国亡ぶるを　おほよそに見つ

あさましき　歩兵士官のなれる果て　斯くながらへむ我が子に　あらず

愚痴蒙昧の民として　我を哭《ナ》かしめよ。あまりに惨《ムゴ》く　死にしわが子ぞ

いきどほろしく　我がゐる時に、おどろしく雨は来たれり―。わが子の声か

恥情

数ならで　世のたのしさを知りそめし　をとめを見つゝ、さびしかりけり

はるかなるかなや―五十年《イソトセ》―。思ふすら今はものうし。古《フル》びとのうへをみな子の　とるに足らざる恋ゆゑに、身をあやまつも　見るにともしきこと過ぎて　夢にまがへり―。かくばかりすべなきものか。人を思ふも

調和感を失ふ

しろ〴〵と　鉄道花《テツダウバナ》の叢《クサムラ》に　真直《マスグ》にさがる道を　来にしか

くねりつゝ月浮ぶ夜を　ましぐらに　国道を来る汽車　避《ヨ》けむとす

道のべに　花咲きながら立ち枯れて、高き葵《アフヒ》の朱《アケ》も　きたなし

眉間《マナカヒ》の青あざひとつ　消すゝべも知らで過ぎにし　わが世と言はむ

我ひとり起《タ》ちて還らむさびしさを　知られじとして、人知れず去る
わが為は　あはれむ勿《ナカ》れ。肩あげて　若き群れより、時ありて出づ
たゞひとり　あるかひもなき身なれども、癒えて肉《シヽ》づく―。誰に告げなむ

犬儒詠

しづかなる夕《ユフベ》に出で、人を見る―。やゝ人がほも　おぼろなるころ
深ぶかと雨ふりしめて　白き花大き一つ咲く―。背戸の真青《マサヲ》さ
鳴き連れて　天つ雁がね過ぎにけり―。天つひゞきも　絶えて久しき

蟬

堪へ〱て　起きふし苛《カラ》く身にぞしむ。たゝかひのゝち　三年《ミトセ》経にしか

はなしつゝ　客もつかれて居るごとし。つく〲ぼふし　鳴きたちにけり
辻に立ち　ひとの袖ひくをとめ子を　叱るすべなし。国はやぶれぬ
ぬすびとに　かたゐに　おちず生きむとす。この苦しみを　子どもらも見よ
あきらかに　子どもらも見よ。汝が姉は、銭得るためと　辻にたゝずむ

白玉集

那覇びと

沖縄を思ふさびしさ。白波の残波《ザンパ》の岸の　まざ〲と見ゆ
わが友の伊波《イファ》親雲上《ペイチン》の書きしふみ　机につめば、肩にとゞきぬ

伊是名島《イゼナジマ》 島の田つくるしづかなる春を渡り来て 君を思ひぬ
わが知れる 那覇の処女《ヲトメ》の幾たりも 行きがた知らず―。たゝかひの後
我が友を知る女あり。つじの町 弥勒《ミロク》をいつく家に 長居す
をかしげに 亡き人のうへを語りつゝ 語り終りて せむ術しらず
老い友の 死にのいまはをまもりたる まごゝろびとを 忘れざるべし
さ夜なかの午前一時に めざめつゝ、しみゝにおもふ。渡嘉敷《トカシキ》のまひ

虚《ムナ》 国《グニ》

いさぎよく 我は還らむ。目赫《メカヾヤ》く海彼《カイヒ》の富に おどろきし世に
しづけさはきはまりもなし。虚国のむなしきに居て、もの思ふべし

幼きが代《ヨ》を　ひたぶるに頼みおく。ほろびな果てそ。我が心鋭《コヽロド》よ

乏しきをよしと誇りし　いにしへの安らさもなし。命過ぎなむ

のどかなる隠者の世とは　なりにけり。葛の花とぶ　鎌倉の風

白玉集

白玉《シラタマ》のごとくたふとし。み仏に　とぼしき飯《イヒ》を　盛りて　奉《マツ》れば

山の木に花咲く見れば、米のいひ　三月四月《ミツキヨツキ》も　喰はずなりけむ

ものおもひなく　我は遊べど、鳥の如《ゴト》　夜目ぞ衰ふ。米を喰はねば

幼等《ヲサナラ》の、とぼしき糧に喰ひ足りて　遊ぶを見れば、民は死なざりき

朝な夕な　粉に噎《ム》せかへり　水呑みて、くやしくも　我が命生きつゝ

無力なる政事《マツリゴト》びとらも、我が如く　粉に噎《ムセ》びつゝ　まつりごつらむか

米の音　あな微妙《イミ》じよと　死にゆきし　昔咄しも、笑へざりけり

たゞ暫し家を出で来し旅にして、馬の遊べる見るが　しづけき

おほどかに睡《ネム》り入るとき　時雨《シグ》れ来る音を聞くなり。昨日《キソ》も今宵《コヨヒ》も

たゝかひに生きのこりたるものがたり―、ひたすら聞けば、涙こぼれぬ

わが饗宴

わがうたげ―。歌ふも　舞ふも　琴とるも、ほしきがまゝに　時過ぎむとす

友どちは　みな若くして、酒のめば　必《カナラズ》泣きし―きよらなる彼

うれしげもなくて過ぎにし。わが若きはたち　三十《ミソ》ぢは、花の如く見ゆ
ますら雄《ヲ》は　美しく　身の瘦せやせて、立ち躍りつゝ　人を泣かしむ
あゝひとり　我は苦しむ。種々《シユジユ》無限《ムゲン》清らを尽す　我が望みゆゑ

倭をぐな 以後

楡《ニレ》の曇り

焦燥

太ぶと、 腹だち書ける文字のうへに、すとらいき人《ビト》の感情を にくむ
のどかなる人ごみに 押され居たりけり。今日は すとらいきのびらも見かけず
濃き紅を広くつけたるをみな子に 坐圧《キオ》されをるは、すべなきものを
郊外の電車をおりて なほ行かむ。地平の空の夕やくる 森

焦燥二

けがれたる五臓六腑を　吐き出してなげくが如し。たゝかひの後
人拐《ヒトカド》ひ　剽盗《ヒハギ》　ぬすびと　我ならぬ人のする見て　心おどろく
戦乱の日につゞきたる　青年のひたぶるごゝろを　煉獄に捐《ス》つ
次の代《ヨ》の　若き心を　剽盗《ヘウタウ》の群れに堕《オト》して　我や易けき
我が心の　乱れてありし瞬時にし　若人どもを死地にやりたり
清潔なる顔をしたる　この青年の写真に註す。剽盗《ヒハギ》の頭領

飛鳥

明治十八年のこれらに果てし　唯ひとりの医師として、祖父の記録を見出づ

半生を語らぬ人にて過ぎにしを　思ふ墓べに、祖父ををがみぬ

飛鳥なる古き社に　帰り居む。のどかさを欲《ホ》りすと　よめる歌あり

祖父の顔　心にうかべ見ることあれど、唯わけもなく　すべ〳〵として

ふるさとの母既に亡く　一人なる父頑なに　清く老いたまふ

町びとの家の子となり　二十年《ニジフ》　花のしぼむが如く　ありけむ

町びとの生《ヨ》のすべなさに　おどろくと書ける日記に、見ぬ祖父を感ず

事代主《コトシロヌシ》　古代の神を祖《オヤ》とする　いとおほらかなる系図を伝ふ

大汝《オホナムチ》　少彦名《スクナヒコナ》を思ふ時　かく泣かるゝは、今の代《ヨ》のゆゑ

大汝　この世にありし人なりと　今は思はむことも、さびしき

日本《ニッポン》の古典は　すべてさびしとぞ人に語りて、かたり敢へなく
向《ムカ》つ丘《ヲ》のそばだちたるを見つゝ居て、三十年《ミソトセ》過ぎぬ。満《タ》りて思へば
ほと〳〵と　音立て来るは、いにしへの南淵《ミナブチ》山を出づるおうとばい
秋風の吹き荒るゝ道に　ひきずりて砥石を馴らす村びとに　逢ふ
薄《スヽキ》の穂　白じろと飛ぶ原過ぎて、悲しまぬ身は、やりどころなし
汪然《ワウゼン》と涙くだりぬ。古社《フルヤシロ》の秋の相撲に　人を投げつる

家常茶飯

たゝかひに　しゝむら焦げて死にし子を　思ひ羨む　日ごろとなりぬ
さびしくてひそまりて居る家のうち―。音にひゞきて、喰ふ物もなし

日本《ニッポン》のよき民の　皆死に絶えむ日までも続け。米喰はぬ日々

をかしげに　米なき日々の生活を馴れて語るは、さびしかりけり

さすらひ出て　行き仆《ダフ》れびと、なりやせむ。たゞ凡庸に　我を死なしめ

日を逐《オ》ひて　冱寒《ゴカン》迫れり。たけにぐさ　藜《アカザ》葎《ムグラ》も　焚《タ》き尽すころ

夜もすがら　つのる冱寒の烈風は　生肌《イキハダ》暴《サラ》し寝るに　異《カハ》らず

誰びとか　民を救はむ。目をとぢて　謀叛人《ムホンニン》なき世を　思ふなり

如何にして命生きむか。這ひ出で、　焚かむ厨《クリヤ》に、木も炭もなし

くちをしく　この憂き時に死なざらむ―。生きたくもなき命に　執《シフ》す

日々感ずる身うちの痛み　家びとに知らせざらむと　堪へつゝぞよき

ひたすらに命貪《ムサボ》り、一生の本意にふるゝことも　なからむ

老　い

幾百の咳病《シハブキヤミ》の中に見る　老いさらぼへる　古き恋人

こゝろよくものは言へども、をみな子《ゴ》の心にふれて　もの言ひがたし

朝ゆふべ　たのしみもなし。老いぬれば、口にきらひの　いとゞ殖え来る

若き人のむねに沁まざる語《コトバ》もて、わがする講義　亡びはてよかし

しづかなる思ひに生きむ。ひたぶるにしづかなるべき時　過ぎよかし

いとほのかに　思ひすぎにしをみな子のうへを聞きけり。よろこびて聞く

虜囚

いきどほりつゝ

白じろと 我に示せる手のひらの さびしき銭を 目よりはなたず
きたなげに髪ちゞらせる 町娘にむきて怒りを こらへをふせぬ
馬小屋のうしろに 繋ぎ棄てられし豚の子なんぞ 蹶《ツマヅキ》たふしてやまむ
やりばなき思ひのゆゑに、びゆう／＼と 馬をしばけり。馬怒らねば
旅寝して こゝに果てたる歌びとの 七百年経し歌の はかなさ

すべなき民

わが国のほろぶる時を　数ならぬ民のすべなさ、魚つり遊ぶ
裸にて　戸口に立てる男あり。百日紅《ヒヤクジツコウ》の　黄昏《クワウコン》の色

波の色

あなさびし。朝より暑く明らかに　沙丘《サキウ》つゞけり。その彼方《ヲチ》の　波
のどかなる波の音《ト》きこゆ。しどろなる　海沙《カイサ》の上の　沖つ藻の荒れ
夏の日を　苦しみ喘ぎゐる時に、声かけて行く人を　たのめり

狂ひつゝさむることなく　死にしをぞ羨みにしか。戦ひのなか
たゝかひの果てにし日より　思ひつゝつぐることなき身と　なりにけり

虜囚

しべりやの虜囚の　還り来る日ぞと思ふ心を　しづめなむとす

沖縄の洋《ワタ》のまぼろし　たゝかひのなかりし時の　碧《アヲ》のまぼろし

大海《オホウミ》の色澄み〳〵て、あぢさゐの花むら深く　あふれ来るもの

紫陽花《アヂサヰ》の花むら深く　声きゝて　我はゐにけり。青海のなか

沖縄に行きて遊ばむ。危々《ホトヽ》に　死なむとしたる海の　こほしさ

如月空

如月《キサラギ》の野に照る光り　臥してゐて見れば、しづけし。我が病めるすら

きさらぎのいくさに果てし我子《ワコ》の日も、知るすべなくて、四年《ヨトセ》になりぬ

黍幹《キビガラ》と　黍との粉《コナ》の餅くひて、如月空の春となるを　見つ

蓼《タデ》の幹《カラ》　穂薄《ホスヽキ》の株刈り臥せて、こぞのまゝなる庭に、雪来ぬ

ぬすびとのすりの傲《ホコ》れる乗り物に、われさへ乗りて　悲しみもなし

静けき春

日本のふるき睦月《ムツキ》のたのしさを　人に語らば、うたがはむかも

道のべにひとり　ながむるをとめ多し。睦月たのしと　思ふならむか

寒菊は　水あげにけり。すばらしき元日の夜の冷えの　盛りに

日本の春還るなり。日本のたのしき春は　いつ来向はむ

しべりやの冱寒《ゴカン》に　餓《ウ》ゑてねむりたる苛《カラ》き睦月の物語　せよ

石の上にて

遊び

おほどかに　声あげて遊ぶ若き代《ヨ》の人の遊びを見れば、足らふらし
知識びと若きをつどへと、よ出よ嬶《カヽ》よ出よ　と言ふ遊びをするなり
あそび呆《ホウ》けて　悔いをおぼえてゐる時も、おろか遊びの　なごりよろしも

騒音

たゝかひの海ゆのがれし物語　涙流れず聞く日　到りぬ

鉄道の線路の中ゆ　這ひ出でゝ死なれざりしを　ため息に言ふ

壁の中に鳴く声聴けば、鼠すら喜び鳴くは、叱れどもやめず

戦友の死にたえし島に、空と波の青きを吸ひて　生きてゐにけり

たゞひとり　あるかひもなき老いの身の、いよゝむなしく　病ひいえきぬ

歌舞伎芝居後ありや

音羽屋六代の主、尾上菊五郎歿す。その日遥かに、能登にあり。我また、私《ワタクシ》のほとけを持ちて、盂蘭盆《ウラボン》の哀愁、愈切《セツ》なるものあり

亡びなきものゝ　さびしさ。永久《トハ》にして　尚《ナホ》しはかなく、人は過ぎ行く

自ら撰《ツク》る所の戒名 芸術院六代菊五郎居士と言ふと伝ふ。もの思ふこと彼の如く深く、之を表すこと彼の如く切にして、なほ知識短きこと斯《カ》くの如きに、人はほと〳〵哭《ナ》かむとす

酔ひ深く いとゞ五斗《ゴトウ》の舞ひ姿 しづかに澄みて、入りゆけるはや

山居

あしざまに 国をのろひて言ふことを 今の心のよりどころとす

小田原の刑事巡査の おり行ける道を見おろす。高萱《タカヾヤ》のなか

深々と 霧立ち居たり。山中の村に人なき 村なかの広場

艫《ロ》をおして 山湖《サンコ》に遊ぶ若者を悲しまさむや。彼らは よろしき

山びとの嗜《タシ》む心を 思へとぞ、大根《ダイコ》もちひを作りて 喰はす

水面

師の面《オモ》に　我は嗟歎す。年老いてかく若々し　声あげたまふ

中書島《チユウシヨジマ》　過ぎにし頃か。乗り殖ゆる電車に感ず。広き水の面《モ》

わが齢《ヨハヒ》いまだ若くて　みをしへにものゝあはれも　知られざりけり

師を見れば、声匂やかにおはせども、昔の如く　恋をかたらず

小椋《ヲグラ》池　淀八幡《ヨドヤハタ》過ぎ、しづかなる雨しみとほる　橋本の壁

いとほしく　髪ゆひ飾るむすめ子の　まだ行きけるよ。伏見の道に

冬の雨　二日降り沁む深草の屋並《ヤナ》みの上の　山もみぢの色

あくびの如く

己斐《コヒ》駅を過ぎしころ ふとしはぶきす。寝ざめのゝちの 静かなる思ひ

十月に既《ハヤ》く 時雨《シグレ》の感じする雨あがり居つ。とんねるの外

しどろなる その日の記憶のこり居て、はや驚かず。広島を過ぐ

神憑《カミツ》きの嫗《オムナ》と かたりあはむ為 櫨《ハジ》の紅葉の村に 来たれり

累々《ルキヽヽ》と 屍骨《シコツ》になりし教室の瞬時《シユンジ》を 目にす。心弱る時

旅のほど いよゝ頑《カタクナ》に我思ふ。わが子はつひに 還らざるらし

一行《イチギヤウ》の文学をだに なさゞりしことを誇りて、命過ぎなむ

飽く時のなかれかしとぞ 遊びゐる我の心は、泣くに近しも

族《ウカラ》びと死に絶えしのち　たとしへなく　老いの心の　やすらひを覚ゆ

春帽

さわやかに春来てなごむ　日々の晴れ。清き帽子は、風にとらさず

人なみにすぐれて　大き帽子著《キ》て　あるくと　人は知らざらむかも

きよげなる帽子かづきて、出あるきし昔の春の　こほしかりけり

遥けき春

春に明けて十日えびすを　見に行かむ。ほい駕籠の子に　逢ふこともあらむ

よき年の来る音すると　寝つゝさめ覚めつゝ寝ねて　待ちし日思ほゆ

ふるさとの大阪びとの　夢の如《ゴト》遊びし春は、過ぎにけらしな

石の上にて

鳥 けもの ねむれる時にわが歩む ひそかあゆみの 山に消え行く

鳥ひとつ 飛び立ち行きし荒草の 深きところに、我は佇立《チヨリツ》す

嬢子《ヲトメ》 塋《バカ》

氷雨の昼

ほの〴〵と 狐《キツネ》の塚の 濡れゆくを見つゝ我がゐて、去りなむとせず

しづかなる雨となりゆく稲荷山。傘をひろげて 立ちゆかむとす

しづかなる京をまかりて 思ふこと あまりに多き 亡き人の数

たゞ一人　花かんざしのにほはしきをとめを見しが、それも過ぎにき
たゝかひのすぎにし時に　思ひ出でゝ、あはれと言ひし　それもあとなし
ひえ〴〵と　氷雨にぬるゝ土手の草。葛葉《クズハ》　橋本過ぎにけらしも

冬至の頃

すぎこしのいはひのときに　焼きし餅。頒《ワカ》ちかやらむ。冬のけものに
耶蘇誕生会《ヤソタンジヤウヱ》の宵に　こぞり来る魔《モノ》の声。少くも猫はわが腓《コブラ》吸ふ
基督《キリスト》の　真はだかにして血の肌《ハダヘ》　見つゝわらへり。雪の中より
年どしの師走《シハス》の思ひ。知る嬢《コ》らによき衣《キヌ》やらむ富み　少しあれ
われひとり出でゝ歩けど、年たけて　生肌《イキハダ》光る　おどろきもなし

雪　崩

互喜《ゴキ》同窓会

あら草の花飛ぶ庭に　酒呑みて酔ひてわかるゝ　大阪を見つ

をしへごの皆年長《トシタ》けて　淡《アハ》あはと　をみな子の噂する中に居り

ゑのころを庭に放して　追ひ遊ぶたのしき時は、人とかたらず

父母の　もだし給へる静けさの日々の馴れつゝ　寂しかりしか

朝　空

上野動物園

いとまありて身は若かりき。時に来て見し　熊　獅子も、死にかはりたり

戦ひのほどのあはれさ。獅子虎も象すらも　あへなく餓ゑて死にたり

硫気《リウキ》噴く島

たゝかひに果てにし人のあとゞころ　かそけき島と　なりにけるかも

たゝかひに果てにし人を　かへせとぞ　我はよばむとす。大海にむきて

たゝかひに果てにしあとは、思へども　思ひ見がたく　年へだゝりぬ

硫気噴く島の荒磯《アリソ》に立つ波の　白きを見れば、むなしかりけり

思ひつゝ還りか行かむ。思ひつゝ来し　南《ミムナミ》の島の荒磯を

南の硫黄が島に　君見むと思ひつゝ来し心　たがひぬ

——古代感愛集原本「硫気噴く島」の反歌

醜

しみ〴〵と　寒き昼間を出で来たり、芥《アクタ》くゆらす子どもに　まじる

草田杜太郎てふ青年と　逢はむと言ひしが、逢はず終へにしか

醜さの、わが貌《カホ》におく表情の若干《イクラ》は、祖《オヤ》ゆ伝へたりけむ

数人の飽きあきしつゝ、去りし後、暗きべんちに　我は倚り行く

我よりも残りがひなき　人ばかりなる世に生きて　人を怒れり

たゞ一人歩ける道に　まろがりて紙の行くすら　たのしかりけり

若き明治

いづこにか蟬が声すと　あなかしこ　明治のみかど　御言《ミコト》をはりぬ
かたくなに　森鷗外を蔑《サ》みしつゝありしあひだに、おとろへにけり
不忍《シノバズ》の池ゆ起《タ》ち行く冬の鳥　羽音たちまち　聞えずなりぬ
鄙《ヒナ》びたる寛袖《ヒロソデ》ごろも　著《キ》あるきし　我の廿歳《ハタチ》も、さびしく過ぎぬ
四十年《シジフ》経《ヘ》て　残ることなし。冷えびえと　蕎麦《ソバ》を嚙みつゝ別れしところ
わが若さかたぶく日なく信じたる　日本よ。あゝ敗るゝ日到りぬ

春のまどゐ

せむすべもなくて遊びし　我が若きはたちのほどの　睦月しおもほゆ
雪の山黙《モダ》してくだる山人《ヤマビト》も、たのしかるらむ。春のおもひに

つく〳〵と見つゝ、はなやぐ。我が嬢《コ》らと言ふべきほどの をとめのつどひ

くりすますは、きのふ をとゝひ 今日の雪豊かにうづむ をとめの団居《マドキ》

人多く住み移り来し向ひ家のさわぐ響きも、睦月はよろしき

わが頼み

厩戸《ウマヤド》の皇子現《ア》れたまふ思ひして、ひたすら君を 頼みたてまつるなり

しづかなる睦月ついたち ほの〳〵と 遠山の秀《ホ》の雪を思へり

雪の降る山にのぼりて、いづこまで覓《ト》め行かばかも 淑人《ヨキヒト》にあふ

はろ〳〵と船出《フナデ》て来しか わたの原 富士の裾べは 波かくれけり

――昭和廿八年御歌会

埃風

空高く　とよもし過ぐる土風《ツチカゼ》の、赤き濁りを、頬に触りにけり

夏ごろも　黒く長々著《キ》装ひて、しづけきをみな　行きとほりけり

かそかなる幻―昼をすぎにけり。髪にふれつゝ　低きもの音

青草の生《オ》ひひろごれる　林間を思ひ来て、ひとり脚をくみたり

しづかなる弥撒《ミサ》のをはりに　あがる声―。青空出でゝ　明るき石原《イシハラ》

山深く　ねむり覚め来る夜の背肉《ソジヽ》―。冷えてそゝれる　巌《イハ》の立ち膚《ハダ》

ひと夏を過さむ思ひ　かそかにて、乏しく並ぶ。煮たきの器

あめりかの子ども　泣きやめ居たりけり。木の葉明るき　下谷《シタヾニ》の小屋

かくの如《ゴト》 たくはへ薄く過ぎゆける我を 憎まむ族《ウカラ》 思ほゆ

ともしきは、心ほがらに在りがたし。十一人を 姪甥に持つ

山中に過さむ夏の 日長《ケナガ》さの、はや堪へがたく なり来たるらし

山道《ヤマミチ》の中撓《ナカダヲ》れせるあたりより、若き記憶の山に 入り行く

曇る日の 空際《ソラギハ》ゆ降る物音や―。木の葉に似つゝ、しかもかそけき

貪《ムサボ》りて 世のあやぶさを思はざる大根うりを 呼びて叱りぬ

まさをなる林の中は 海の如。さまよふ蝶は せむすべもなし

降りしむる 大き木の股。近々と 親鳥一つ巣に彳《タ》てり。見ゆ

辿りつゝ、足は沿ひゆく冷やかさ。濡れて横ほる石の構造

夜の空の目馴れし闇も、ほのかなる光りを持ちて　我をあらしめ

嬢子《ヲトメ》塋《バカ》

すぎこしのいはひの夜更け、ひし〴〵と畳に蹈みぬ。母の踝《クルブシ》

父母の家にかへりて被《カヅ》く衣《キヌ》　つゞり刺したり。父母の如《ゴト》

をとめありき。野毛《ノゲ》の山に家ありて、山を家として、日々出で遊びき。血を吐きて臥し、つひに父母のふる国に還ることなかりき。稀々《マレヽヽ》は、外人墓地の片隅に、其石ぶみを見ることありき。いしぶみは、いと小くてありき。さて後、天火人火頻《シキ》りに臻《イタ》りし横浜の丘に、亡ぶることなく、をとめの墓は残りき

たゞ暫し　まどろみ覚むるかそけさは、若きその日の悲しみの如

青芝に 白き躑躅《ツヽジ》の散りまじり 時過ぎしかな。こゝに思へば

山ぎはの外人墓地は、青空に茜《アカネ》匂へり。のぼり来ぬれば

くれなゐの 野樝《シドミ》の花のこぼれしを 人に語らば、かなしみなむか

日本の浪の音する 静かなる日に あひしよと 言ひけるものを

我つひに遂げざりしかな。青空は、夕かげ深き 大海の色

赤々と はためき光る大き旗―。山下町《ヤマシタチヤウ》の空は 昏《ク》るれど

ひろ〴〵と荒草《アラクサ》立てる叢《クサムラ》に 入り来てまどふ。時たちにけり

追憶

戦ひのもなか、北京にありて

車よりおり来《コ》し女《ヲミナ》　美しき扇のうへの　秀《ヒイ》でたる眉
しづかなる胡同《コドウ》のゆふべ　入り行きて、木高《コダカ》き家に聞きし　ものごゑ

鶴見・川崎のあたり、工場街に、機銃掃射あり。われ亦、勤労奉仕隊にありて

そのゆふべ　街《マチ》の渚《ナギサ》にかこみゐて、若き学徒を焼きし火　思ほゆ

このごろ、しばらく安し

わが怒りに　かゝはりもなし。夕されば、瓦斯《ガス》　電気灯　おのづから消ゆ
たゝかひの夜頃《ヨゴロ》の如し。火を恋ひて、ま暗き室に　憤り居り

弔歌

『菜穂子』の後　なほ大作のありけりと　そらごとをだに　我に聞かせよ
しづかなる夜の　あけ来たる朝山に　なびく煙を　思ひ出に見む

遺稿

遺稿一

よき恋をせよ　と言ひしが　処女子《ヲトメゴ》のなげくを見れば　悲しかるらし
戦ひのやぶれし日より　日の本の大倭《ヤマト》の恋は　ほろびたるらし
戦ひに破れしかども　日の本の　恋の盛りを　頼みしものを

戦ひの十年《トヽセ》の後に　頼もしき　恋する人の上を　聞かせよ

われ今は六十《ムソヂ》を過ぎぬ。大阪に還り老いむ　と思ふ心あり

遺稿　二

わがいへの　族娘《ウカラムスメ》に著《キ》せむ衣《キヌ》。皆　青やかにあるを思へり

をしへ子の十人《トタリ》の中に、衣青き東京娘と言はるゝもあり

をしへつゝ　かくたのしげに聞きてゐるをみな子たちを　見ればたのしき

めら〳〵火をふく電車　車より　人をやきつゝ投げ出したり

はる〴〵と　焼け過ぎにけり。草の原のしづけき色もさびしといはむ

遺稿三

人間を深く愛する神ありて　もしもの言はゞ、われの如けむ

いまははた　老いかゞまりて、誰よりもかれよりも　低き　しはぶきをする

かくひとり老いかゞまりて、ひとのみな憎む日はやく　到りけるかも

雪しろの　はるかに来たる川上を　見つゝおもへり。斎藤茂吉

短歌拾遺

『折口信夫全集　第二十五巻』（一九九七年三月十日、中央公論社発行）、
及び『仏教青年』第三巻第一号（一九〇六年、仏教青年社発行）に収録。

明治三十八年

京に二年奈良に五年それもよしや思ひ出がちは郡山《コホリヤマ》の日

――連作「乳母をいたむ」十八首

籔出でゝ椿にはしる水の辺に若子とよばれてたけのびしわれ

枇杷《ビハ》青き雨の小窓に正信偈《シヤウシンゲ》この日のためと教へつや乳母

斑鳩《イカルガ》の塔見る背戸の小流れに石蟹《イシガニ》追ひし小泉の家

あゝその日男《ヲ》の子《コ》に惜しき額やとあげならはしゝ髪なでにきな

なき乳母が若かりし日の恋がたり今宵とをあり去年《コゾ》の日記には

ゆるせ声は二十《ハタチ》近うて泣き男衣の袖に人はゞからぬ

恋ひよとは人をし恋ひてまどへとは十年《トヽセ》を乳母の教へざりし名

ふとさめて乳母やとよばむたゆたひに香の気のぼる枕小屛風

逆さまの毛剃の老いし小屛風に通夜の読経の鉦《カネ》ふけわたる
乳母とよぶも中々今はまどはしと信女の人の棺おほひつも
秋篠《アキシノ》へ二里は名のみにきゝし寺今日葬送の風寒きかな
乳母がやく顧みの袖を風ふきて煙は寒う北へ流るゝ
いざゝらば梨生の末の野司《ノツカサ》のつめたき土に汝が世おほはむ
さらば乳母さらば又乳母野の雨に別れし去年《コゾ》を日記に怪しむ
梨畑の雨を軌りて斑鳩へ夕霧せまるかへりみの里
小泉の菜たね油のがんもどき送り来しゝはきぞにはあらじか
乳母車いくたびよせし川浪の籔かげ椿さきにけらずや

明治三十九年

夷　曲

春寒の夜あけの鐘や梅が香に牛車《ギウシャ》きしりぬ闇の初瀬路
おいかけに霰《アラレ》うつなり業平が翁さびしく行く水無瀬《ミナセ》どの
乾風《カラカゼ》にわが立つ中洲石しろう行く水遠し古市のさと
目ふさげど暗になほ見る大《オホ》き身の契りあればや釈迦牟尼如来
産声に毘舎も刹利《セチリ》も出てあふげ今虚空《コクウ》より曼陀羅華《マンダラゲ》ふる
（筆名・飛鳥造酒、『仏教青年』第三巻第一号）

明治四十三年

まづしりりしわびしきことはちゝはゝがかなしと乳母のぬれるだらすけ
だらにすけぬりてまる〳〵ふとりたるうばのむなぢにものゝかなしき
うすものをすきてまろらにたゞよへるむなぢのしたにやすくねむらん
たかやすのしゆんとくまるのものがたりきゝたくおもへどうばはなきひと

大正六年

四《ヨ》たり子《ゴ》は持ちて孝《ケウ》ある一人にもこと欠きたりと泣かす母はも
親と子と怒りつかれに黙居《モダヲ》りて心まづしく息づくなりけり
にはかなる死にを見むぞとおちつきて母がのらすにおどろき瞻《マモ》る
この母の子には生れてひさかたの天つさかえは享けずなりぬる
啀《イガ》みあふ親子黙居る空しさのさびしく心行き触りにたり
いきどほる胸たぐりあげて争へど憎みおふせぬむなしさ湧くも
いきどほりの語《コトバ》のひまに母刀自《トジ》は涙のごはすおよびの腹して
にくし〳〵ときがみましつゝ、死ねといふ語はのらさず親はかなしも

——「恩愛」八首、『アララギ』十巻十一号

大正七年

母なくてさびしさしるし人すくなきうからと思ふにたへがたくなれり

——「母」全八首中四首、『アララギ』十一巻八号

奥ふかく母が柩《ヒツギ》はすべり入る炎とよめるかまどのなかに

鳴りめぐる葬《ハフ》りの竈《カマ》のほのほのなか母いませつゝ帰らふべしや

はらから三《ミ》人《タリ》むかひ坐《ヰ》灯のもとにかなしみごゝろさだまり来る

折口信夫略年譜

明治20年（一八八七）

二月十一日、大阪市浪速区鷗町一丁目（当時、西成郡木津村市場筋）に生れる。誕生時の家族は、曾祖母、祖母、父秀太郎、母こう、叔母二人（母の妹ゆう、えい）、姉、兄三人。父（北河内九个荘村名主の次男）は婿養子として折口家に入り家職（医を本業として生薬商を兼業）を継ぐ。

明治21年（一八八八）　一歳（以下、年齢は満年齢）

大和郡山の小泉へ里子に出される。

明治25年（一八九二）　五歳

四月、木津尋常小学校入学。

明治27年（一八九四）　七歳

二月、曾祖母死去。双生児の弟誕生（生母は叔母ゆう）。四月、次兄（十一歳）死去。叔母えい東京済生学舎に遊学。

明治29年（一八九六）　九歳

四月、育英高等小学校入学。

明治31年（一八九八）　十一歳

七月、姉、父の生家に嫁ぐ。

明治32年（一八九九）　十二歳

四月、大阪府立天王寺中学校入学。同校教諭三矢重松に口頭試問を受く。敷田年治門の国語教師亀島三千丸の影響を受ける。

明治33年（一九〇〇）　十三歳

夏、大和へはじめての一泊旅行。「祖父のさと」飛鳥坐神社に詣る。

明治34年（一九〇一）　十四歳

三兄購読の『明星』『心の花』や、『帝国文庫』等を読む。『万葉集略解』の巻一を筆写。

明治35年（一九〇二）　十五歳

三月、三兄の投稿歌にまぜて出された歌（筆名卿々郎）一首が『文庫』（服部躬治選）に、十一月、さらに一首（筆名かもめ生）が『新小説』（小杉榲邨《すぎむら》選）の選に入る。歌の投稿は以後ない。五月、父死去。中学校同級生の短歌会に加入、回覧雑誌に短歌を掲載。『令義解』『新古今和歌集』耽読。年末、自殺未遂。

明治36年（一九〇三）　十六歳
三月初、自殺未遂。春休みに中学同級生武田祐吉、吉村洪一らと大和二泊旅行。十二月、乳母の死を弔いに大和小泉へ行く。

明治37年（一九〇四）　十七歳
三月、中学校卒業試験に落第。四月、叔母（えい）の配慮により祖母と三人で当麻、吉野、飛鳥旅行。夏、単身で大和へ四泊旅行、秋、再び大和へ。吉村洪一のいた尼寺で一泊後泊瀬へ。帰宅後再度、弟ひとりを伴って吉村を訪ね一泊。『万葉集古義』を読む。

明治38年（一九〇五）　十八歳
三月、天王寺中学校卒業。九月、国学院大学部予科入学。当時国学院大学講師の三矢重松に再会、以後恩顧を受ける。上京後「新仏教家」藤無染《ふじむぜん》の下宿に同居。『文庫』に短歌三首発表（筆名飛鳥造酒）。

明治39年（一九〇六）　十九歳
『仏教青年』第三巻第一号に短歌五首。宗派神道教義研究団体「神風会」に参加。

明治40年（一九〇七）　二十歳
服部躬治を訪ねて入門。金沢庄三郎に朝鮮語、外国語学校夜学で蒙古語を学ぶ。

明治41年（一九〇八）　二十一歳

十月、考古学会入会。秋、金田一京助の音声学聴講。

明治42年(一九〇九)　二十二歳

五月、藤無染、大阪府下にて死去。十月、十一月、子規庵東京根岸短歌会出席。

明治43年(一九一〇)　二十三歳

七月、国学院大学国文科卒業。卒業論文「言語情調論」。卒業後帰阪。九月、京都西山、善峯寺に数日滞在。善峯寺に近い山崎妙喜庵での関西同人根岸短歌会(九月十五日)に出席し、筆名「釈迢空」を使う。

明治44年(一九一一)　二十四歳

夏、手稿「かの日のために」十四首(筆名飛鳥直信夫)を、中学同級生武田祐吉に贈る。十一月、大阪府立今宮中学校嘱託教員となる。

明治45―大正元年(一九一二)　二十五歳

三月、祖母死去。八月、生徒伊勢清志、上道清一を伴い、志摩、熊野旅行。

大正2年(一九一三)　二十六歳

七―八月、宮武外骨主幹の新聞『日刊不二』(後『不二新聞』)に「迢空集――海山のあひだ」の題で短歌掲載(筆名迢空沙弥)。秋、小説「口ぶえ」執筆。自筆本『ひとりして』四部つくり、友人四人に贈る。

大正3年（一九一四）　二十七歳

二月、短歌論「滅ぶるまでのしばし」（『不二新聞』）。三―四月、小説「口ぶえ」『不二新聞』に二十五回連載。三月、今宮中学校退職。四月、上京し、本郷の昌平館に下宿。後を追って上京した教え子（四期生）十人ほど同館に寄宿。八月、「零時日記」『中外日報』に教え子伊勢清志の名で五回掲載。

大正4年（一九一五）　二十八歳

四月、教え子（五期生）数人上京、昌平館に加わる。八月、下宿費等の借金の払いを実家に頼み、十月、生徒らを転宿させ、自身は鈴木金太郎の下宿（小石川のお針家の二階）に同居。『アララギ』に「切火評論」執筆。

大正5年（一九一六）　二十九歳

一月、武田祐吉に万葉集口語訳をすすめられ、註釈書なしで一日三人交替の口述筆記により三か月で全二十巻ほぼ訳了。九月、国文口訳叢書『万葉集　上』（文会堂書店）として出版。

大正6年（一九一七）　三十歳

一月、私立郁文館中学校教員となる。二月、『アララギ』編集同人、選歌欄担当。六月、豊多摩郡の井上哲学堂内鑽仰軒に住む。十月、郁文館中学校辞職。

大正7年（一九一八）　三十一歳

一―六月、神奈川県足柄下郡史編纂嘱託。二月、母死去。

大正8年（一九一九）　三十二歳

一月、国学院大学臨時代理講師。六月、西大久保の借家に転居。

大正9年（一九二〇）　三十三歳

七月、松本から静岡へ民間伝承採訪旅行。九月、国学院大学専任講師。

大正10年（一九二一）　三十四歳

七月、第一回沖縄旅行。帰途、壱岐へ。九月、国学院大学教授。

大正11年（一九二二）　三十五歳

小説「神の嫁」「生き口を問ふ女」執筆。十二月、下谷区谷中清水町に転居。

大正12年（一九二三）　三十六歳

五月、慶応義塾大学文学部兼任講師。七月、第二回沖縄及び台湾民間伝承採訪旅行。九月、門司帰着の翌朝、神戸港にて関東大震災を知る。十二月、下渋谷羽沢に転居。

大正13年（一九二四）　三十七歳

四月、古泉千樫のすすめで『日光』同人となる。「日本文学の発生」（第一稿）（『日光』）。六月、同（第二稿）。

大正14年（一九二五）　三十八歳

一月、国学院大学予科生の間に短歌結社鳥船社おこる。四月、藤井春洋国学院大学入学。

五月、歌集『海やまのあひだ』(改造社)。

大正15─昭和元年(一九二六)　三十九歳

一月、三州北設楽郡豊根村牧ノ島三沢の「花祭り」、信州下伊那郡日開村新野の「雪祭り」初めて見学。七月、「歌の円寂する時」(『改造』)。

昭和2年(一九二七)　四十歳

六月、松本、富山、金沢、能登採訪旅行。能登羽咋の春洋生家訪問。

昭和3年(一九二八)　四十一歳

四月、慶応大学文学部教授。十月、品川区大井出石町の借家に転居、没年までここに住む。鈴木金太郎、藤井春洋同居。

昭和4年(一九二九)　四十二歳

一月、「常世及び「まれびと」」(「日本文学の発生」(第三稿))。四月、『古代研究』民俗学篇一及び国文学篇の二冊出版(大岡山書店)。

昭和5年(一九三〇)　四十三歳

一月、歌集『春のことぶれ』(梓書房)。三月、春洋国学院大学卒業。六月、『古代研究』民俗学篇二(大岡山書店)。九月、『釈迢空集』現代短歌全集一三(改造社)。十月、大阪堀江

の和光寺(通称阿弥陀池)にて中学同級生の故辰馬桂二のため回向。

昭和6年(一九三一)　四十四歳

一月、春洋、金沢歩兵連隊入隊。八月、東北採訪旅行、帰途金沢で春洋に面会。

昭和7年(一九三二)　四十五歳

三月、国学院大学より文学博士授与(『古代研究』国文学篇中、万葉集に関する研究)。

昭和8年(一九三三)　四十六歳

四月、春洋、国学院大学講師。

昭和9年(一九三四)　四十七歳

一月、姉死去。四月、鈴木金太郎、大阪に転勤(同居二十一年にわたる)。十月、石川県下採訪旅行(春洋同行)。

昭和10年(一九三五)　四十八歳

十二月、三回目の沖縄旅行(春洋同行)。

昭和13年(一九三八)　五十一歳

十一月と翌年六月、「滅亡論以後」(『日本短歌』『鳥船』)。

昭和14年(一九三九)　五十二歳

一—三月、「死者の書」(『日本評論』)。四月、箱根仙台原に山荘竣工。

昭和16年（一九四一）　五十四歳
三月、『橘曙覧評伝』（文部省教学局）。十二月、春洋応召。
昭和17年（一九四二）　五十五歳
九月、『天地に宣る』（日本評論社）。
昭和18年（一九四三）　五十六歳
九月、春洋再び応召、金沢の連隊に入隊。加藤守雄同居（翌年六月まで）。
昭和19年（一九四四）　五十七歳
七月、春洋硫黄島着任。春洋を養嗣子として入籍。「山越しの阿弥陀像の画因」（『八雲』）。
八月、叔母えい死去。
昭和20年（一九四五）　五十八歳
三月、硫黄島全員玉砕。七月、吉野正男同居。十一月、春洋戦死公報。
昭和21年（一九四六）　五十九歳
四月、三兄死去。五月、「神道概論」開講（国学院大学）。
昭和22年（一九四七）　六十歳
三月、詩集『古代感愛集』（青磁社）。四月、岡野弘彦（国学院学生）同居。十月、『日本文学の発生　序説』（斎藤書店）。

昭和23年（一九四八）　六十一歳
一月、『水の上』（好学社）。三月、『遠やまひこ』（好学社）。四月、弟（親夫）死去。五月、『古代感愛集』により日本芸術院賞受賞。十二月、第一回日本学術会議会員に。
昭和24年（一九四九）　六十二歳
七月、能登一ノ宮に春洋の墓碑建立。十一月、九州旅行。十二月、宮中御歌会詠進歌選者（没年まで）。
昭和25年（一九五〇）　六十三歳
十月、柳田国男に従い伊勢に四泊、大和当麻、大阪、京都へ（岡野弘彦同行）。
昭和27年（一九五二）　六十五歳
五月、『古代感愛集』『近代悲傷集』改編出版（角川書店）。六月、最後の「源氏物語全講会」（大正十二年から約三十年に及ぶ）。七月、「民族史観における他界観念」執筆。
昭和28年（一九五三）　六十六歳
二月、『かぶき讃』（創元社）。伊豆旅行中「自歌自註」口述開始（筆記岡野弘彦）。三月、斎藤茂吉の葬儀参列。六月、堀辰雄の葬儀参列。九月三日、死去。

解　説

富岡多恵子

歌集『海やまのあひだ』には「この集のすゑに」という、歌集にしては異例の長い後記（二百字詰原稿用紙三十一枚）が書き加えられている。そこで釈迢空は次のようにいう——。

「私の歌を見ていただいて、第一に、かわった感じのしようと思うのは、句読法の上にあるだろう。私の友だちはみな、つまらない努力だ。そんなにして、やっと訣《わか》る様な歌なら、技巧が不完全なのだと言う。けれども此《こ》点では、私は、極めて不遜である」。

たしかに迢空の歌にはテンやマルがあり、一字アキがあり、今われわれが「短歌」と呼んでいるものの表記と様子がちがうので、はじめて迢空短歌に触れる読者は少々とまどいを感じる。しかし、迢空が歌に句読点を入れたことは、もちろん伊達や酔狂によるのではない。

「宮廷詩なる大歌系統の詩形が、三十一文字に固定」されてくる間に、「民族文学唯一の形式とも思われて来た短歌」であったが、それが「生活の拍子にそぐわなくなったのは、単に、近代の事ではない」。すでに「近代」以前から、その時代時代を生きている人間の「生活の拍子」即ち感情の拍子、思想の拍子がその形式に合わなくなっているのに、そのことにひとが敏感を失って気がつかない。「生活の拍子」が変化してきても、「歌」を五七五七七の形を基準に読んだり感じたりしているのは、たとえば句跨《くまたがり》なども三十一文字表示法からの読み方の固定のせいだと説明する。

そこで迢空は、短冊や色紙へのはしり書きとはちがい、短歌を活字にする時には、内在する拍子を示す努力をすべきであって、句読点を入れる表示法を軽く考えるのはおかしい、「だらしない昔の優美をそのままついで、自身の呼吸や、思想の休止点を示す必要を感じない、のんきな心を持って居て貰うては困る」というのである。これは、いろいろな休止点を表示し試行するうちに、「自然に、次の詩形の、短歌から生れて来る」はずだとの予感と期待であり、「不遜《ゆい》」を支えるものだった。ただし「次の詩形」は、「一人の努力よりは、多人数の協同作業が、自然にある道筋を開くべきものと信じて」、「皆さん。私の焦慮を察して、この企てに、と申してお気にめさぬなら、どうか、次の時代の実現の為に、お力をお貸し下さい」と訴えて長い後記を終る。

その第一歌集『海やまのあひだ』が刊行されたのは大正十四年、迢空三十八歳の時である。この歌集は逆の編年体で、「大正十四年」から「大正五年」へのように各年ごとにまとめられ、「明治四十三年以前、三十七年頃まで」が最後にくる。明治三十七年といえば、明治二十年生れの折口信夫は十七歳（満年齢）、つまり十七、八歳頃から二十年にわたる歌を収載したことになっている。因みに、「釈迢空」を短歌、小説等の文学の創作に筆名として用いるようになるのは、現存資料では折口二十三歳の時からである。先の「この集のすゑに」の前半には幼い頃からの作歌歴が順を追って述べられており、すでに中学校に入る前から（「八九歳の頃一首。十一歳一首」）歌をつくり、天王寺中学入学後は校友会雑誌や回覧雑誌に出している。「明治四十三年以前、三十七年頃まで――七十五首」は、他の年とちがって「焚きあまし」その一（二十三首）、その二（五十二首）としてまとめられているが、中学卒業頃から大学卒業頃までのこの時期に詠まれた歌はこの程度の数ではない。没後刊行の全集に収められた「短歌拾遺」の「明治三十六年以後、四十四年頃まで」に、十七歳から二十五歳の頃までの歌が各年ごとにまとめられているが、その間に詠まれた歌は千首をこえる。しかも、その半数に近い五百数首は、中学校を卒業して国学院に入学した明治三十八年の作で、「若い頃の作物の十の九までは棄ててしもうた」と本人がいうように、若書のほとんどがすてられて、第一歌集といっても若書を集めての自費出版ではない。それは、「現代代表短歌叢書」の自選歌集六冊のうちの一冊として改造社から出版されたのであり、沼空のほかの五冊が、斎藤茂吉、島木赤彦、古泉千樫、中村憲吉、木下利玄らの歌集であることを思えば、編輯の仕方、長い後記にはそれなりの思惑も自負もあっただろう。次の歌集『春のことぶれ』(昭和五年刊)では、歌の表記のほとんどを四行分ち書きとし、また『海やまのあひだ』刊行の次の年(大正十五年)には短歌滅亡論ともいうべき「歌の円寂する時」を発表していることから見ても、現代人の「生活の拍子」に合う詩形を生み出すのに、さまざまに試行する自分の歌がかかわっていくとの表明がこの第一歌集にはこめられていたはずである。

ところで、釈沼空はたんに「短歌」を専業にした「歌人」ではない。国文学者、民俗学者たる折口信夫とは別人でなく、その学問と文業は入れ子になっている。十代なかばで『万葉集略解』を読んでは筆写、『令義解《りょうのぎげ》』『新古今集』を耽読、『国歌大観』をひと夏で読破、さらに『万葉集古義』を読んでいるような中学生が、古典研究のために国学院に入学したのだから、大学時代は学問中心になるのは当然だろうが、先述したようにその時期に千首余という歌の多作がある。また、大学入学後、一度批評を受けただけの浅い縁とはいえ、歌人服部躬治に「贄《し》を通じ」て膝突《ひざつき》をたずさえ入門している。さらに、大学卒業前には子規庵の東京根岸短歌会に出席して伊藤左千夫、古泉千樫、土屋文明、斎藤茂吉らを知り、卒業後は大阪に帰って府立今宮中学校の教員になると、関西根岸短歌会にも何度か出席している。この教員時代には生徒ふたりをつれて志摩、熊野を旅し、その旅で百七十七首が詠まれ「安乗《あのり》帖」と題された。『海やまのあひだ』にはそのうち二十三首が「奥熊野」として採られている。大阪在住中には『ひとりして』という自筆自装歌集を四部つくって友人四人に贈ったりしているが、すでにこの頃から表記、句読の試行をしている。二十七歳の時、中学校教員の職を辞して、「言語学研究のため」再び上京すると、あとを追って上京してきた教え子の卒業生十人ほどとの、定職のない迢空を中心とする共同生活はたちまち窮迫し、すすめられて万葉集口語訳を三人の筆記者への口述により、ほぼ三か月で全二十巻を完了して出版されたりしたが、この頃からの「アララギ」への接近については触れておく必要があるだろう。

迢空は「アララギ」に評論、短歌を発表しはじめ、三十歳の時には編輯同人となり、五年後には「アララギ」から遠ざかった。「アララギ」を去る他人にはわかりにくい個人的な事情については本人も何度か述べているが、それよりも「短歌」という詩の形を信じ切って鍛錬にはげむ「歌人」集団と、「短歌」の命運が尽きるのは宿命とさえ感じて、次の「詩形」を試行している「詩人」迢空とのズレ、「万葉調」に対する受けとり方、考え方のちがいがあった。万葉集への造詣の深さのみならず、古代文学に精通する専門家として最初から一目おかれ、そのように遇せられるのに、その迢空の歌は「アララギ」歌人の目ざす万葉調と一致しない。

斎藤茂吉に「釈迢空に与う」(大正七年「アララギ」第十一巻第五号)という文章がある。「君のこんどの歌は古語は使ってあっても、万葉調でないのが大分ある」「短歌ではやはり「遒勁《しゅうけい》流動リズム」であるのが本来で、それが「万葉調」なのである」「「。、」などの切目が間々あるが、あれも短歌を三行に書くのと似ていて少し面白くない」「結句に四三調のものがなかなかある。それがどうも軽薄にひびく」。さらに、自分たちの「万葉調」は言葉の「意味あい」に止まっていず、「語気」に注意している」が、迢空の歌には「万葉びとの語気」と相通ずるところが少い、「真淵の「丈夫《ますらお》ぶり」をば僕らは新らしい説として創造すべき筈である」というのである。これは、万葉集の「遒勁流動リズム」である「丈夫ぶり」の万葉調を自分たちこそが再創造できるとの三十一文字詩形(短歌)への絶対的信頼に支えられているからである。そして、本来なら「アララギ」の理論武装に有用な論客であるはずの、学者折口信夫をかかえた迢空の歌に、その学問知識が生かされておらず、万葉調がないのはおかしいではないかとの茂吉の不満もこめられている。

迢空はこれに対して翌月の「アララギ」第十一巻第六号に「茂吉への返事 その二」という文章を書いた。まず、歌人としての自分は「まだ生長の途中に在る」ので、「ひゝとの思わくに気をかねる」余裕などないといった。「アララギ」に集う歌人の歌風に世間は一定の既成概念をもって見ているだろうから、それにハズレル歌を出すのは「アララギ」には迷惑かもしれないが、「あららぎ派の既成概念に反した態度になるのも、止むを得ぬことだと思います。だから、会員や世間を目安として、歌を作ることは、今のわたしには、到底能わぬことなのです」といい切った。この時求めている対象が両者の間で異っている。ただしそれだけではなく、両者に「質に於ける相違」があり、それをこの機会に申し述べると次のようなことも書いた。

「古今以後の歌が、純都会風になったのに対して、万葉は家持《やかもち》期のものですらも、確かに、野の声らしい叫びを持っています。その万葉ぶりの力の芸術を、都会人が望むのは、最初から苦しみなのであります」。

「あなた方は力の芸術家として、田舎に育たれた事が非常な祝福だ、といわねばなりません。この点に於てはわたしは非常に不幸です。軽く脆く動き易い都人は、第一歩に於て既に呪われているのです」。

茂吉は十四歳で東京に移って教育を受ける時まで山形県上山《かみのやま》で育っている。伊藤左千夫は千葉、島木赤彦は信州諏訪のひとである。その「力の芸術家」たる「田舎人が肥沃な土の上に落ちた種子とすれば、都会人は、それが石原に蒔かれたも同然」で、「都会人が芸術の堂に至るのと、金持ちの天国に生れる」のとは「同じ程な難事」であり、最初からハンディがついている。といっても、日本では真の意味の都会生活がはじまってまだ幾代も経ていないので、「根ざしの深い都会的文芸」の出来よう訣《わけ》がない、もっと日本人が都会生活に慣れてきたなら「郷土芸術」(力の芸術?)に拮抗する文芸も生れるだろうといってから、「すいの東京」に対して「やぼ過ぎる」大阪の「比較的野性の多い大阪人が、都会文芸を作り上げる可能性を多く持っているかも知れません」と説明した。第一歌集『海やまのあひだ』刊行までの二十年には、こういう過程もあったことは、たんに短歌結社「アララギ」への参加、そこからの離反では片づかぬ、迢空自身のいい放った「不遜」の中身でもあっただろう。

　第二歌集『春のことぶれ』の四行分ち書きの表記は、四行詩への試みというより、「短歌」から次の「詩形」への、まず形からの接近ともいえる。「軽く淡く」が自分の歌の特質だとの自覚があったのに、この歌集では「何か重々しい概念性が、著しくなって来ている」と本人は後年自己批評しているが、たとえば「門中瑣事」という連作には、その長さもさることながら、芝居でいえば一種の世話物にさえ読める物語性が「実験」されている。長い詞書《ことばがき》（というより連作の概説と事件への批評）があり、四行詩形をいくつかのパートに分け、パートによって、作者にもなり、女になりもするように立場が替っていく。教え子で学生時代から出入りしていた青年と、迢空の家の台所仕事をまかせていた若い女性が恋愛関係となり、結婚しなければならぬハメとなったが、乳児をかかえた女をそのままにして、男は姿を消した。連作中の「もの知らぬ鄙《ヒナ》つ女《メ》を　よしと婚《マ》ぎけむに。この　情濃《ナサケコ》き直妻《ナホヅマ》を　あはれ」について、その若い女が死して三十年後、自註で次のようにいう――「一体この情熱深く純粋な心を持っている妻を、どうするつもりだ、ああどうするつもりだ。「婚ぎけむに」と「この情濃き」との間に、大きな休止があって、感情がまるで息をつくように、此歌はこしらえてあるのである」と。ひとつの「。」にこめられる、感情がそこで大きく息をつくような休止。あの、第一歌集の後記にあった、自分の試みる句読点を軽く考えてもらっては困るというのは、こういうことでもあるのだろう。それにしても、若い男女の間に起こるデキゴトへの、それぞれの立場への思いの深さは、市井の人間の現実をよく識るひとのものである。

しかし一方で、こういう情理の兼ね合った思いや観察が、まず三十一文字の詩形に頼らねばならぬ迢空自身の文学的習慣についても考えさせられる。迢空が世話物的テーマの「小説」の試作を何度かくり返して、それらがいずれも中途で打っちゃられるか、断片のままで終っていることを考え合わせると尚更である。幼い頃から身体的になじんでしまった三十一文字の詩形は、方法論や実験で容易にひきはがされるような代物ではなかったというべきか、それとも、これはひとり迢空の問題ではなく、「歌は、日本人にとって、一つのごうすと」であるからなのか。本人はこの第二歌集『春のことぶれ』を、「短歌の滅亡を完全にさせる為、次の様式と発想法とを発掘する為の試みの中途にあるもの」とのちにいい、「未解決な問題を含んだ連作風のもの」――「東京詠物集」や「昭和職人歌」などを、「試み」から踏み出していないともいったが、「雪まつり」のような連作は、芸能論考の散文叙述ではあらわせぬ作者の「心おどり」を伝えて、その四行表記は有効に働いている。迢空は大正十五年一月、早川孝太郎とともに、東京新宿を朝出て次の日の夜遅く到着、翌日昼前から夜を徹して行われる三州三沢の「花祭り」、次の日信州新野の正月神事「雪祭り」をまた徹夜で、この時はじめて見た。三河、信濃、遠江三国の国境をまたいで山深い村を歩いた迢空の靴底は口を開き、それを手拭でしばって五里の道を帰ったような採訪の旅だったといわれる。

次の歌集『水の上』に収められた歌は昭和五年から昭和十年夏までのもので、刊行は戦後の昭和二十三年一月である。この歌集の歌がつくられているのは、迢空四十三歳から四十八歳くらいのころで、昭和四年（四十二歳）には、折口信夫著作として『古代研究』民俗学篇第一及び国文学篇の二冊を、昭和五年には民俗学篇第二を上梓しており、精力的に民俗採訪調査のために山村旅行を重ねている時期である。それらの旅で得た歌が多いことも、この歌集にあらわれているが、「追い書き」にも記しているように「正月の作物」も多い。それには、新聞雑誌等の正月発表のために乞われることのほかに、明治中期大阪の「医者と生薬屋《きぐすりや》を兼ねて家業としていた」町人家庭内外《うちそと》での行事や遊びが幼い頃から深く印象していて、歳暮年始になるとそれが思い出され、歌が「楽しく浮んで来る」からなのである。

この歌集の背景に今ひとつ忘れてならぬことは、昭和三年十月、つまりこの歌集に入る歌の詠まれている二年前に、のちに養嗣子となる藤井春洋《はるみ》(国学院学生)が迢空の家にきて住んでいることである。したがって、歌に詠まれた採訪旅行には春洋同行のことも多く、また召集された春洋が大演習での三日間の雨中強行軍のせいで肺炎となり、その療養のための旅もあって、『水の上』と次の『遠やまひこ』の二歌集には、それらの「旅路の一々の思い」が迢空に「はりついたようになって残っている」との由である。

『遠やまひこ』は『水の上』刊行から二か月も経たぬ昭和二十三年三月に出ている。これら二冊の歌集は「亡き春洋の編輯」によるもので、折口春洋は、昭和二十三年のこの時、すでにこの世にいない。昭和二十年三月に硫黄島で戦死している。「硫黄島全員玉砕」が大本営から発表されるのは三月三十一日、「折口春洋戦死」の公報は十月十五日付、迢空がその公報を受けとるのは十一月になってからである。

なおこの歌集に、二・二六事件に触れた歌がある。「雪ふたゝび到る」の前半四首は詞書によると二月四日の大雪の夜に友人を亡くしたことを詠じているが、「再度の雪、東京を埋む」との詞書のある後半二首は、昭和十一年二月二十六日の事件だと「追い書き」に記している。

歌集『水の上』『遠やまひこ』は、その作歌時期を連続して見ると、昭和五年から昭和十五年夏ごろまでの歌で、これらの歌集はすでに記した通り刊行は戦後の昭和二十三年である。これらの前に『天地《あめつち》に宣《の》る』という歌集が開戦翌年の昭和十七年九月に出ており、収録の歌は昭和十二年十二月から十七年八月までのもので、太平洋戦争中に発表されたものも含まれている。この『天地に宣る』は歌集刊行の順序としては『春のことぶれ』の次、先の二歌集の前ということになる。『遠やまひこ』には、『天地に宣る』から六十首が移されている。

迢空歌集を読んでその表記法、一字アキやテンやマルに慣れてくると、それらのない一行書きの短歌が、かえって読みづらく感じられるのは不思議である。迢空は短歌が「成立の最初から、即興詩」であり、また「宿命的に抒情詩」なることを挙げた。自身は叙事的なるものを短歌に試みもしたが、すべてが成功したとはいえなかった。たとえば関東大震災直後の「荒涼たる焼け原に立って、旧様式の詠歎をはがゆく思」い、「短歌に近い四行の小曲」で表現したが、詩《ポエジー》に発酵せぬまま、時代的情況が再び詠嘆の形（短歌）に還っていくなかでそれに倣っていた。しかし、迢空の場合は単純に逆行とはいえまい。おそらく、折口信夫の学識、教養、「旧様式」への感受性、釈迢空としての詩的直感と歌への愛着、さらに「次の詩形」への精進努力のいっさいが、三十一文字の短歌という詩形への、日本語の生理に添う科学として働いている。それあるがゆえに、迢空短歌には、ヒトの生存にただよう悲哀が感傷に堕ちず清浄に保たれる。

生前の迢空の歌集は、結果として五冊が刊行され、詩集『古代感愛集』が昭和二十二年に出た。第六歌集となる『倭《やまと》をぐな』は没後の昭和三十年六月に、鈴木金太郎、伊馬春部、岡野弘彦の編輯で刊行された。集中「倭をぐな」は迢空自身の手で歌集にするべく編輯を終えていたものであるが、「倭をぐな 以後」としてまとめられたものは、右の三人の編者によって既発表の作品に絶筆となった遺稿を加えて収録された。「倭をぐな」にも『天地に宣る』から二十六首採られている。『遠やまひこ』『倭をぐな』への再録時には文字、表記等に一部変更があるので、本文庫には元のままの形で『天地に宣る』の歌として収録した。

「倭をぐな」にも『天地に宣る』からの二十六首が収載されたということは、本人編輯ずみの歌集に戦中の作があるということである。戦中戦後の、日常生活のさまざまな不便もさることながら、迢空にとって最も大きな不幸は、春洋を「洋《わた》なかの島」硫黄島で殺されたことだったろう。藤井春洋が折口春洋となるのは、春洋がまだ生きている昭和十九年に法的手続がとられてのことである。春洋の死については、くり返し執拗なくらいに詠まれている。

　迢空には、歌（国文学）の発生―根源への思いがつねにあり、そこから「今」に向かって思考の道筋が表現される字義通りのラディカリズムがある。そうでなければ、歌の素人玄人を問わず誤解をまねくような「短歌は滅びる」などと、歌人どころか当時なら日本人を敵にまわしかねぬ文章は書けない。詩歌の歴史に無頓着なまま大昔からの不変のものと信じている短歌愛好者は混乱、憤慨し、一方、玄人たる歌人からは、滅びるというなら、どうして本人は歌を詠み続けているのか、自身の作物の滅亡を感じた証拠ではないかと文句が出てくる。

　自身が歌を詠み続けていることを迢空は「未練」といった。やや自嘲的、あるいは謙譲だが、習慣化されてきた一種の芸事としての歌への未練はあっただろう。ただし、「歌の命数の尽きないことを望んで、ちっとでもそうでない方角を開こうと」したのは文学としての歌であり、それで、自分の歌は他人が見ると見識の有無を疑わせる程に変化してきたのだというのである。つまり、歌の命運を予知していることは歌を形骸から救い出し、命運の尽きぬ方角へたゆみなく努力することであって、「未練」によってただ現状を引きずるの謂ではない。たしかに、迢空の歌は亡くなる時まで詠み続けられた。

ところで「短歌」が詠み手の私的な生活背景から自立しにくいのを、門外者は時にもどかしく感じることがある。迢空の歌でも、「蒜《ひる》の葉」(『海やまのあひだ』)連作、中学教師の時の教え子(この時二十二歳)が女性を慕って鹿児島にいるのを知ると、その教え子を「叱る」ために、まず旅費を調達すべく別の教え子のいる会津まで行き、その足で鹿児島へ行ったこと、さらに万葉集にある越中守として在任中の大伴家持が、奈良に妻のいる若い部下に、当地の遊行女婦《うかれめ》に血迷うのをとどめようとして詠んだ「史生《ししょう》尾張少咋《おぐい》を教へ諭す歌一首併せて短歌」にことよせて、件の教え子が「少咋」と名づけられていること等を知るのと知らぬのとでは、読む方にその詩の奥行がちがって見えるのではないかという気もするがどうだろう。もっとも作者は、そんなことは百も承知で、歌への愛着は歌を命運とは逆の方向へと誘導して詠み続けられ、「生長の途中」でのさまざまな変化を生んだ。

第一歌集『海やまのあひだ』をその編輯の方法に逆らって制作年の早い方から読んでみるだけでも、それはわかる。十代から、二十代、三十代、同時代の歌を読み学ぶことにより生じる変化から、「夜」(大正十年)、「供養塔」(大正十二年)、「木地屋《きじや》の家」(大正十二年)、「島山」(大正十三年)のような、このひと特有の歌風が得た完成度に気づきもし、また「倭をぐな 以後」の「冬至の頃」(昭和二十五年)にある「耶蘇誕生会《ヤソタンジヤウヱ》の宵に こぞり来る魔《モノ》の声。少くも猫はわが眦吸《コブラ》ふ」や「基督《キリスト》の 真はだかにして血の肌《ハダヘ》 見つゝわらへり。雪の中より」などの、旅の歌に見せるのとは別の、特異な表現にも遭遇する。さらにまた読者は、「我《ワレ》どちにかゝはりもなきたゝかひを 悔いなげゝども、子はそこに死ぬ」「愚痴蒙昧の民として 我を哭《ナ》かしめよ。あまりに惨《ムゴ》く 死にしわが子ぞ」のような歌にも出会うのである。

それにしても、迢空の訴えていた「次の詩形」のための「協同作業《ゆい》」(結い)はその後なんらかの方法ですすめられてきたのだろうか。迢空の行った短歌の表記法は、奇異な試みとして見送られ、詠み手も読み手も、たんに違和感を抱いたにすぎなかったのだろうか。歌謡、詩歌を問わず、近年なべて口語化、散文化に急傾斜、言葉のハレはうとんじられ、「わかりやすさ」至上となって日常語へ恣意に流れ、その流れに堰する批評が韻律だったのかとの逆説を味わわねばならぬ時代——そんな時代の「短歌」とはなになのかを、迢空は問うてくる。

短歌の裾野は広い。月に何度か新聞は全国版一面を使って短歌俳句の投稿入選作を並べる。これは、「言霊の幸《さき》わう国」特有の光景ということなのだろう。そこで選ばれている歌のうしろに何百倍何千倍の歌があり、さらに、意欲的な短歌愛好者による同好会やさまざまな短歌結社もあるのだろう。それらの歌は迢空のいう「協同作業《ゆい》」とはかかわらないのだろうか。

短歌が嗜みの芸事でなくなって久しく、さりとて、玄人歌人はいざ知らず、愛好家の素人衆に文学、芸術の意識などほとんどないだろう。いかなる芸事も、時代時代の「生活の拍子」への無頓着、同時にまた無頓着な時流への追従によって、形骸化されてゆくのはよく見られるところである。とすれば、今の時代の日本語の詩歌をもとめる者に、迢空の歌論と歌は、胸深く迫ってくるはずである。

なお、本書は、『海やまのあひだ』から五百二十五首、『春のことぶれ』から二百四十首、『水の上』から二百十九首、『遠やまひこ』から百七十三首、『天地に宣る』から六十八首、『倭をぐな』から四百七十首、「短歌拾遺」から三十九首、計千七百三十四首を収載した。

初句索引

・本書に収録した短歌の初句(初句が定めがたいものはおおむね最初の五字)を、現代仮名づかいによる五十音順で配列した。

(例) あひ住みて→あい住みて　をぢなき→おじなき

めうめうと→みょうみょうと

・初句あるいは第二句までが同じ短歌(表記が異なるものも同一と見なした)の場合、第二句あるいは第三句の冒頭一字ないし数字を掲げて区別した。

・語句の読み方は、原則として『折口信夫全集　第三十六巻』(二〇〇一、中央公論社)の「短歌索引」に従い、適宜( )内に現代仮名づかいによる読み仮名を加えた。

・各句の下に、その短歌の収録ページを示した。

あ

あゝその日……二六九
あゝひとり……二五五
あひ住みて……二一一
会津嶺に……三六
あへなくも……二一九
青うみに……六九
仰ぎ見る……二三六
青草の……二七九
青雲ゆ……一八六
青芝に……二八二
青空に……四二
青空の……九二
青ぞらは……五四
青波に……一八一
青葉木の……一四七
青山に 末は……一八五
青山に澄み……二〇四
青山に、夕日……六八
青やまの……七一
赤々と……二八二
あかしやの垂(しだ)り花
白く……二三六
あかしやの垂り花 見れ……一五六
あかしやの花……一三〇
あかしやの夕目……一五六
暁の……一九七
あかときを……六八
赤ふどしの……一二
赤松の繁……一〇七
赤松のむ……二三九
あかり来る……二四
秋風の……二五九
秋篠へ……二九〇
秋たけぬ……七八
秋にむかふ……一〇五
秋の空……七二
秋の山……七四
秋深く……一三五
あきらかに……二五一
あきらめて応(いら)へて……一七五
あきらめてを……四〇
飽く時の……二七〇
明けがたの……一六九
暁(あけ)近き……五五
あけ近く……一二六
朝々に……四七
朝風に……三五
朝草刈(あさくさ)に……一四七
朝暗く……一五一
朝さめて……一三五
あさ茅原……一四
朝な夕な……二五三
朝の飯……一一八
朝日照る川……四二
朝日照る山……六四

あさましき都会……二三八
あさましき　歩兵……二四八
朝やけの……二四
朝闇に……一一四
朝ゆふべ……二六一
朝宵に……一〇〇
朝よりの……一四八
あぢきなき……六〇
あぢきなく……三
あしき人に……一〇四
紫陽花の……二六四
あしざまに……二六八
脚のべて……一三九
明日香風……七五
飛鳥なる……二五八
遊びつゝ……二四六
あそび呆（ほう）けて……二六六
あたらしき　石……一五九
新しき年……三
あな重（おも）の……一八六
あなかしこ……二一五
あなさびし……二六三
あなどられつゝ……一四一
兄の子の……二九
兄の死を……二四六
姉が弾く……二四七
網曳きする……二
蜑（あま）をのこ……二
蜑をのこの……三
蜑をみなの……一一三
雨霧の……一〇四
あまたゐる……二五
天づたふ……六七
天つ日の照り……一九七
天つ日の照れ……七六
蜑の家……二
蜑の子のか……三
蜑の子のむ……三
蜑の子や……二
あまりにも……八四
天地（あめつち）に……一九七
天地の神……一九八
天地のな……一八六
雨のゝち……三一
雨のゝちに……三
雨霽（は）れて……一六三
あめりかの子……二七九
あめりかの進駐軍……二三六
あゆみ来て……九六
あら草の……二七四
あらそひし……八四
荒山に……一四二
ありくて……九九
ありうさに……一一六
あり憂さを……九四
あるき来て……八五
あるきつゝ……二〇三

ある時は……二三五
あるひまよ……七六
あは〳〵し……二三七
あはずありし……三一
あわたゞしく母……三三
あわたゞしく世……六〇
あわびとる……一三
阿波礼（あわれ）阿那（あな）……一九一
あはれなる……七一
あはむ日の……七四

い

飯倉の……九二
いふことの……七七
家々に……一六〇
家裏に……一四
家ごとを……一九
家に飼ふ……一六七
家のうち……八六
家のため……六三
家びとに……一九八
家びとの老い……一一八
家びとの起ち……八五
家びとの　め……一〇〇
家ふえて……三三
如何にして……二六〇
啀（いが）みあふ……二九二
いからじと……二三五
怒り倦み……八四
斑鳩の……二八九
息ざしの……三五
息づきて……一〇七
生きて我……二〇八
いきどほりの　心……二一四
いきどほりの語（ことば）……二九二
いきどほる心……一〇
いきどほるすら……一六一
いきどほる胸……二九二
いきどほろしく……二四八
いきどほろしく来て……二三八
いきのをに……一四四
生きの身の……八三
生きよわる……一三一
いくさ君……七三
いくたびか……六七
幾百の……二六一
池のうへの……一四四
いこひつゝ……一〇七
いこひなく……二〇八
いさぎよく死……二〇七
いさぎよく　我……二五三
いざゝらば……二九〇
いさましき……一七八
勇（いさむ）らは……二四四
石川や……七四
いづこにか……二七七
出雲崎……二三八

伊是名（いぜな）島……二五二
伊勢の宮に……一八七
磯近き……五〇
磯原に……一五八
磯村へ……一一
いたゞきに……一三七
一行の……二七〇
いちじるく生き……九〇
いちじるく深き……二三四
一介の……二三六
いとほしき……一九九
いとほしく……二六九
いとけなく……八五
いとほのかに……二六一
いとまありて……二七四
いとまつげて……一一八
糸満（いとまん）の……二六
坐（い）ながらに……一二三
いにしへに……一七九
いにしへの　生き……二四〇
いにしへの筑摩（つかま）……二三五
いにしへのひ……一九一
いにしへの無慙（むざん）……一五五
いにしへびと　あ……七七
いにしへびと　我……一七五
いにしへや……一〇四
犬の子の……三三
胃ぶくろに……八二
いまだ　わが……一一
今の世の……二三四
いまははた……二八六
今は　冬も……一八〇
今はもよ……一〇〇
藷（いも）づるの……二五
いやはてに、鬼……一三五
いやはてに　我……一〇二
いや深く……二〇四
いわけなき母……五二
いわけなき我……三〇
岩の間の……八八
石見（いわみ）のや……一〇二

う

うからなる……二〇四
族（うから）びと……二七一
うき我の……九四
鶩の……一六一
牛の乳の……六〇
うしろより……一八二
うすぐらき……五六
うづたかく……一九二
うづ波の……二八
うすものを……二九一
うす闇に……六九
歌人（うたびと）は……二一七
歌よみの左千夫……二一六
歌よみの竹……二一六

うちわたす……一六
うつ〳〵に……二三一
うつくしく 駕籠……二三三
うつくしく死……一九四
うつそみの兄……一六三
うつそみの人……一三六
うつら病む……八七
うつり来し……八三
うつり来て……五四
うなだれて……三七
乳母がやく……二九〇
乳母車……二九〇
乳母とよぶも……二九〇
産声に……二九一
馬おひて……六三
馬小屋の……二六三
厩戸の……二七八
海風の……四二
倦みつかれ……六五
海側(うみづら)に……一五八
海のおと……二一一
海の風……一三八
梅の花……一七九
うら〳〵と さ……一三八
うら〳〵と 睡り……一四六
裏だなを……六〇
うらぶれて……二三〇
うるはしき子……二三
うるはしき母……二四七
うれしげも……二五五

え

頴娃(えい)の村……一三八
ゐのころを……二七四
ゐまひのにほひ……三六
槐(えんじゅ)の実……四八

お

おいかけに……二九一
老いづきて……一九三
老いづけば……一九九
老い友の……二五二
老いぬれば、心……一八八
老いぬれば、ふ……二一八
老いの身の……二三三
老いの世に……二四二
汪然と……二五九
大海に……六八
大海の……二六四
大きなる袋……八五
大きなる山……一七一
大きなる草鞋(わらじ)……一八九
大君の 民……二三一
大君の伴の荒夫(あらお)……二三〇
大君の伴の隼雄(はやお)に……二〇二
大君の伴の隼雄は……二〇二
大君の宣(の)り……二三一

大君は あ……二一〇
大君は 神……一九七
大阪の……一五八
大霜は……二〇一
大隅（おおすみ）の……一四五
大空に……一九二
大空の鳥……七二
大空のも……七〇
おほどかに 声……二六六
おほどかに睡り……二五四
大歳の……九八
大汝（おおなむち） こ……二五八
大汝 少彦名（すくなひこな）……二五八
大御代の……一九三
大倭（おおやまと）……一八七
をかしげに 米……二六〇
をかしげに 亡き……二五二
沖縄に……二六四
沖縄の……二六四
沖縄を……二五一
奥地より……二〇九
奥ふかく……二九三
奥牟婁（おくむろ）の……六八
小椋池……二六九
送られ来し……二〇七
送られ来て……一六三
幼きが……二五三
幼くて……一〇二
幼等（おさなら）の……二五三
をさな等は……一五九
をしへ子の十人（とたり）……二八五
をしへごの皆……二七四
をしへつ、……二八五
をぢなき……三〇
おしなべて煙……二三三
おしなべて 山……一三三
おそろしき……六三
小田原の……二六八
をち方に し……一八二
をちかたに、水……二七
をち方に 屋むら……一六〇
をちこちの……三八
をちの海……一八一
弟の……八六
をとめ居て……二五
をとめ子の遊べる……二一五
をとめ子のい……二一六
をとめ子の清き……二三三
処女子の 沓……一八三
をとめ子の 今朝……二一五
をとめ子の心……一〇五
をとめ子の守り……九八
をとめ子は……一三五
処女の……二五
をとめはも……四〇
をとめらと……八四
処女らの……一八四

音羽……………………………一四七
鬼の子の……………………………二三
峰(お)の上の町……………………四四
おのづから歩み……………………三五
おのづから勇み……………………一九九
おのづから覚め……………………五一
おのづから棚……………………二四一
おのづからま……………………四五
おのれまづ……………………二一九
おぼろ夜と……………………一五四
をみな子の身体……………………二三〇
をみな子の と……………………二四九
をみな子の春……………………一八三
をみな子のふ……………………二三〇
をみな子は、さ……………………一〇一
をみな子は、す……………………一〇一
をみな子を……………………一四二
思ひつゝ、……………………二七五
おもひでの……………………七八
おもふこと……………………七八
思ふ子は 雲……………………二三九
思ふ子はつ……………………二三五
思へども……………………一四八
髣髴(おもかげ)に顕(た)つさ……二四六
おもかげに たつふ……………………九九
おもしろき……………………一六一
おもしろく……………………二一九
おもしろくして……………………一五五
おもむろに……………………一八九
思はじとして……………………二〇〇
親々の……………………一五〇
祖々も……………………二一二
親不知の……………………一七八
親と子と……………………二九二
をり〳〵にし……………………二九
をり〳〵に頭痛……………………一九二
をり〳〵は……………………七六
おりたちて……………………一一四
おろ〳〵に……………………六七
尾張には……………………二一五
尾張ノ……………………三九
飲食(おんじき)の……………………二三四

か

海岸に……………………一九三
海工廠の……………………二〇三
峡(かい)の村……………………一六三
還り来む……………………一〇九
還ること……………………二二五
顔ゑみて……………………三三
かゝはりも……………………二三六
かくしつゝ、い……………………六四
かくしつゝ、す……………………一三八
かくしても……………………一六一
かくの如……………………二八〇
かくばかり……………………一九〇
かくひとり……………………二八六

学問の……………………………八九
崖したに…………………………一七四
かげろへる………………………九二
鹿籠（かご）の…………………一三七
かさなりて………………………一二七
畏さは……………………………二三三
柏崎の……………………………一七四
潜（かず）く舟…………………一九八
上総水脈（かずさみお）………二四四
数ならで…………………………二四九
風出で丶…………………………八二
風の間は…………………………一八二
風吹きて…………………………二九
風ふけば…………………………八八
かそかなる　生き………………九〇
かそかなる幻……………………二七九
かそかなる睦月…………………一五〇
かたくなに　子…………………二三〇
かたくなにま……………………二三
かたくなに　森…………………二七七
堅凝りの…………………………一五四
肩ひろく…………………………一六一
かたよりて………………………一七五
勝ちがたき………………………二三三
かつぐ\も…………………………二三八
学校の……………………………一〇九
学校の庭…………………………一〇九
悲しみに…………………………二三三
かならずも………………………一〇四
かの子こそ………………………六六
かの子らや………………………九
かの見ゆる………………………二七
かべ茅ゆ…………………………二六
壁の中に…………………………二六七
釜無の……………………………一五三
かみそりの………………………三三
神憑きの…………………………二七〇
神のごと…………………………六三
かもかくも………………………一三四
萱がくれ…………………………一五一
萱山に……………………………二〇五
乾風（からかぜ）に……………二九一
乾風の……………………………五〇
からかりし………………………二三四
からくして………………………三八
鴉棲る……………………………一五
から松の…………………………一六四
枯山（からやま）に……………一八二
刈りしほの麦の…………………五五
刈りしほの麦原…………………五五
かれあしに………………………七〇
枯れ\／\て………………………一九二
川風に……………………………二九
川霧に……………………………二八
川　阪を…………………………一二三
川波の……………………………二四
川原の……………………………二七

川みづの……………………二三
川原田(かわらだ)に…………二七
寒菊は………………………二六五
神さびて……………………一五九
元日は………………………四六
神宝…………………………一〇六

き

木々とよむ…………………四一
きさらぎのい………………二六五
如月の野……………………二六四
きさらぎのは………………三九
きさらぎの 望(もち)……一八八
如月の山……………………一八五
如月の雪……………………六〇
如月の夜……………………一六九
汽車に明けて………………五三
汽車の灯(ひ)は…………五三
汽車の窓 あ………………二〇三
汽車の窓 こ………………五三
汽車はしる…………………五二
きその宵……………………一〇六
北国の………………………一五八
きたなげに…………………二六二
義太夫の……………………二四四
木のもとの…………………四二
木場の水……………………九五
黍幹(きびがら)と………二六五
木ぼっこの…………………一七
君にわかれ…………………七三
今日起きて…………………九二
京に二年……………………二八九
今日の午後…………………二〇一
京のやま……………………七二
今日ひと日…………………一五九
きよげなる…………………二七一
基督の………………………二七三
きはまりて…………………一三
金太郎よ……………………四九

く

悔いつゝも…………………一五一
喰ひ物の……………………二一八
喰ふそばの…………………九三
草田杜太郎…………………二七六
草の露………………………二三六
草はらに……………………一八七
叢(くさむら)の…………二三六
くさむらを…………………一八七
葛の花………………………九
くづれふす…………………六五
久高なる……………………一七一
久高より……………………一七二
くちをしく こ……………二六〇
くちをしく 日ごろ………一五五
くちなしの…………………二四四
愚痴蒙昧の…………………二四八

くつがへる……二四五
沓とれば……六六
国大いに……二〇七
国頭(くにがみ)の……一七三
国さかり……三〇
国遠く……三九
国のため……二〇五
国びとの　心……九五
国びとの古き……二三九
国敗れたる……二三一
国やぶれて……二三五
くねりつゝ……二四九
熊谷の……二四三
曇り空……二四五
曇りとほして……二三一
曇る日の……二八〇
くら闇に……二三
くりすますは……二七八
くりや戸の……三五
くりやに……八四
くりやべのし……五六
くりやべの夜……八一
狂ひつゝ……二六三
くるしくも……一七八
くるしみて　こ……二四〇
苦しみて　つ……二一六
車きぬ……七七
車より……二八三
来る道は……二一五
くれなゐの……二八二
くろ〲と……一四七

け

けがれたる……二五七
今朝の夜の……二三四
髣髴顕(けしきた)つ……四九
気多(けた)川の……一四
気多の宮……一一
気多の村……一一
日(け)ならべて……一一八
研究室に……一九〇

こ

己斐(こい)駅を……二七〇
小泉の……二九〇
恋ひよとは……二八九
郊外の……二五六
高座に……五七
小路(こうじ)多き……九九
声さびて……一六〇
声ふえて……一一八
こがらしに……二三〇
こがらしの吹き……二四二
木がらしの吹く……七三
濃き紅を……二五六
苔つかぬ……三三
こゝちよき……六五

心ひく……三
心 ふと……六三
こゝろよき……二一八
こゝろよく……二六一
こすもすの……四三
五銭が……四九
木立ち深く……一三三
こちよれば……七七
乞丐(こつがい)も……一〇三
言毎(ことごと)に深く……二三四
ことぐにも……一四五
ことさらに……一四九
ことしも 来て……二一七
ことし 雪……一八四
事代主(ことしろぬし)……二五八
こと過ぎて……二四九
言たえて……四一
こと足らで……一五七
こと足らぬ……一〇一

言に出でゝ……三八
子どもあまた……二三九
子どもの……一五〇
子どもらは……一一四
小鳥 小鳥……六六
この朝明(あさけ)……一六八
このあたりまで……一三七
この家の針子……四六
この家の人……四三
この国に……一四三
この国の語(ことば)……九六
この国のたゝかふ時と……二一八
この国や……一八六
この心……三三
この里の……七八
この島に……一〇
この夏や……一四九
このねぬる……六四
木の葉散る……七〇

この母の……二九二
この日頃。を……八六
この日ごろ 心……八九
この町に……五三
この道や……七二
この憐(めぐ)き……九三
この森の一……五八
この森のな……五八
このゆふべ……一一三
この夜ごろ……一七一
この夜や……一五四
このわかれ……七四
此(こ)は 一人……五八
木ぶかく……七五
米の音……二五四
児湯(こゆ)の川……四二
児湯の山……四一
こよひ早……五四
これの世に……一四九

これの世は、さ……一四
これの世は、屋並み……一〇三
ころび声……三七
子をおもふ……二一六
子を寝しめ……二二四

さ

西郷を……一八九
逆さまの……二九〇
阪のうへゆ……一四六
さかり来て……二一七
さかりつゝ……二一七
前(さき)の世の……八二
崎山の……一七四
桜咲く……一八八
桜の後……一八二
酒たしむ……三〇
笹の葉を……四七
さゞれ波……九一
さしなみの……八三
さすらひ出て……二六〇
薩摩より……三五
里びとも……二一三
さびしくて、さ……二一七
さびしくてひそ……二五九
さびしくて 人……一九九
さびしげに……七一
さびしさに 堪へ……一〇三
さびしさに馴れ……三三
さびしさは……八五
さびしさも……一五四
さびしさを……九三
ざぶ〳〵と……六一
さみだれの……五六
寒ざむと……一七四
さ夜風の……五六
さ夜なかに……八三
さ夜なかの……二五二
さ夜霽(ば)れの……五五
さ夜ふかく 大き……二二四
さ夜ふかく 起き……一三三
さ夜深く 風……三八
さ夜ふけて 障子……一三四
さ夜更けて眠る……二〇八
さ夜ふけて 夕……二三九
さ夜ふけと 風……一五
さ夜ふけ と 夜……八三
さらば乳母……二九〇
猿个石(さるがいし)……一三九
猿曳きを……四五
沢蟹を……一七
沢なかの……一六
沢の道に……一〇
さわやかに……二七一
三月に……二三〇
山茱萸(さんしゅゆ)の……一六四

し

椎の茸の……………………一三五
汐入り田は…………………一五九
叱りつゝ……………………三七
しごとより…………………五七
「死者の書」………………一六
四十年経て…………………二七七
しづかなる雨………………二七三
しづかなる家に……………二三三
しづかなる思ひ……………二六一
しづかなる京………………二七三
静かなる国…………………二四三
しづかなる胡同(こどう)……二八三
しづかなる春な……………二〇六
しづかなる春は……………二四一
しづかなる昼餉(ひるげ)……九二
しづかなる昼の……………七三
しづかなる弥撒(みさ)……二七九
しづかなる睦月……………二七八
しづかなる村………………一三九
しづかなる山に……………一六〇
しづかなる山野……………二三三
しづかなる夕ぐ……………二一七
静かなる夕さ………………一七四
しづかなる夕(ゆうべ)……二五〇
しづかなる夜………………二八四
静けさは きはまりに……二四一
しづけさはきはまりも……二五三
静けさは 常………………三三
しづまれる…………………五〇
したに坐(い)て……………四七
しつけよき…………………二三九
十方(じっぽう)の……………五五
自動車の響き………………一八二
自動車のほ…………………一五三
自動車の窓…………………一四六
しどろなる…………………二七〇
死なずあれと………………二〇八
死に顔の……………………八九
死にたまふ…………………五二
死にゆけば…………………一五五
師の面(おも)に……………二六九
篠垣の………………………三八
不忍(しのばず)の……………二七七
師の道を……………………二一〇
師は 今は…………………一七〇
柴負ひて……………………一一四
しば〳〵も…………………九八
しべりやの冱寒(ごかん)……二六六
しべりやの虜囚……………二六四
島をみなの…………………二六
島の井に……………………二五
島の沙………………………一八八
島山のう……………………三六
島山の原……………………一八七
島山の 春…………………一七三

緊(しま)り来る……一一五
しみ〴〵と 寒き……二七六
しみ〴〵と ぬ……一二六
霜荒れの……一七九
霜庭を……一五三
十一月 ついたち……九五
十月に……二七〇
順礼は……六〇
正月の……一三三
除夜の鐘つ……五九
除夜の鐘な……一五〇
白玉の……二五三
白玉を……六四
白じろと た……六一
しろ〴〵と 鉄……二四九
白じろと更け……五六
白々と ばうふう……一三八
白じろと 我……二六二
師を見れば……二六九
神像と……一七六
神像に……一七六
新内の語り……五七
新内の紫朝(しちょう)……二四四

す

数人の……二七六
すぎこしのいはひのと……二七三
すぎこしのいはひの夜……二八一
過ぎし代の……二四五
過ぎにし……三〇
過ぎにしを……二三三
杉むらを……七五
すく〴〵と……六五
過ぐる日は……三一
すこやかに 遊ぶ……九九
すこやかに網曳き……一一
すこやかに 養(か)ふ……一三四
薄(すすき)の穂……二五九
篶(すす)深き……一六
煤まぜに……二一七
裾野原……四三
砂原に砂あ……六五
沙原に 沙の流らふ……一三七
沙原に 沙の吹き……一三七
砂山の……一一三
すべなきに……一〇〇
すべなくて……一六一
住みつきて……八二
炭焼きの……一四九

せ

清潔なる……二五七
背戸山の……一三三
せど山へ……一二七
せど山も……一三三
蝉のこゑ……一四八
夫(せ)も 我も……二一四

湍(せ)を過ぎて……二八
戦場に……二〇〇
せむすべも……二七七
戦友の……二六七
戦乱の……二五七

そ

さう〳〵と……二三四
曽我寺の……一七九
曽我廼家(そがのや)の……一六三
曽我の山……一七九
袖乞ひの……二五五
供へ物……五一
その面(おも)の……八五
そのかみの……七三
そのゆふべ……二八三
祖父の顔……二五八
空清き……一五一
空曇る……一四一
空澄みて……一八七
空高く……二七九
そらにみつ……二三七

た

第一……四八
大学の……二四三
大正の……五九
堪へ〳〵て……二五〇
絶え間なく……二一七
高く来て……一六
たかやすの……二九一
竹の葉に……七〇
竹山に……三四
たけり来る……二二六
たゝかひに家……一九九
たゝかひに生き……二五四
たゝかひにし、……二五九
たゝかひに死に……二四八
戦ひに堪へ……一七八
たゝかひに立ち……二〇〇
たゝかひにはてし我が子が……二三七
戦ひにはてしわが子と……二二九
たゝかひに果てし我が子の、謂(い)ふ……二三一
たゝかひに果てし我が子の歌……二四八
戦ひに果てしわが子のおく……二三七
たゝかひに果てし我が子のおも……二四七
たゝかひに果てし我が子の還り……二三九
戦ひにはてし我が子のかな……二四八
たゝかひに果てし我が子の墓……二三八

たゝかひに果てし我が子
　の 目……二三七
たゝかひに果てしわが子
　の、ゆ……二三一
たゝかひに果てしわが子
　の 我……二三一
たゝかひに果てし我が子
　は……二三七
戦ひに果てしわが子も……二三一
戦ひにはてし我が子を思
　ふとき……二四八
たゝかひに果てし 我が
　子を思ふとも……二四二
たゝかひに果てし我が子
　を か……二三九
戦ひにはてし我が子を 悔……二三七
たゝかひに果てにしあ……二七五
たゝかひに果てにし子……二四八
たゝかひに果てにし人の……二七五
たゝかひに果てにし人を……二七五
戦ひに果てにし者……二三三
戦ひに負け……二三四
戦ひにやが……二〇五
戦ひに破れ……二八四
たゝかひに行き……二〇八
たゝかひの海……二六六
たゝかひの島……二三〇
たゝかひのす……二七三
戦ひの年……二〇一
戦ひの十年（ととせ）……二八五
たゝかひの場に……一九八
たゝかひの果て……二六三
戦ひのほどの……二七五
たゝかひの間（ほど）を……二三一
戦ひのや……二八四
たゝかひの夜……二八三
たゝかひは あ……二三七
たゝかひは未（いまだ）……二〇七
戦ひは こ……二〇三
たゝかひは 過ぎ……二三三
たゝかひは永久（とわ）……二三七
たゝかひを……一六九
たゞ今宵……二三〇
たゞ暫し家……二五四
たゞ暫し ま……二八一
たゝずめば……一八一
たゞ ひと木……八二
たゞひとり あるかひも
　なき老い……二六七
たゞひとり あるかひも
　なき身……二五〇
たゞ一人歩け……二七六
たゞ一人 花……二七三
たゞ一人ふ……二〇七
たゞ二つ……一六二
手力（たぢから）の……一八六
蓼（たで）の幹（から）……二六五

建て物の……一七
たど〳〵の……一三
辿りつゝ……二八〇
たなぞこに……六一
たなぞこの……六一
たなそこを……一四
谷風に……四
谷々に……九
谷々の……一四七
谷の木の……一四七
たのしみに……三一
旅ごゝろの……四
旅ごゝろ もの……六八
たびごゝろもろ……六七
旅にゐて……七五
旅にして聞く……二〇一
旅にしてな……三八
旅人(たびにん)の……一八〇
旅寝して……二六二
旅のほど……二七〇
たぶの木のひ……二四
たぶの木のふ……一一
たぶの杜……一一
たまさかに……一八一
たま〳〵に……六九
たま〳〵は……三
田向ひに……一三
溜め肥えを……二〇五
だらにすけ……二九一
誰びとか……二六〇
誰びとに……一七
誰一人……五七
たはれめも……三一
田をあがり来て……二〇二

ち

ちぎりあれや……六八
知識びと……二六六
父母に……一九八
父母の家……二八一
父母の生(な)せる……一五三
父母の庭……一四
父母の も……二七四
衢風(ちまたかぜ)……五七
ちまたびと……七〇
中学の……七三
中書島(ちゅうしょじま)……二六九
朝鮮の……五八

つ

潰(つい)えゆく……二四一
司びと……九六
月々の……一五二
月にむき……七三
次の代に……二三九
次の代の……二五七
机一つ……五九

つくしの……三九
つく〴〵と……二七八
月(つく)よみの……八八
告げやらば……五七
辻に立ち……二五一
つゝ音を……一六九
躑躅(つつじ)花……一八九
虔(つつ)ましき……三七
つば低く……二三九
つばらに……四二
つぶ〴〵に……三〇
梅雨ふかく……五五

て

敵情報告……二〇〇
鉄骨の……一七七
鉄道の……二六七
寺の子は……一八〇

と

東京の……一七二
峠三つ……一四〇
塔の山を……九三
十日着て……一一〇
遠き道……五三
遠き代の安倍……四五
遠き世の山家(やまが)……一三三
遠き世ゆ……一二五
遠く居て……一〇八
遠くより……三四
遠ざかり来て……一七二
遠ぞく……二四
遠つ世の……二四三
遠ながき……七六
時ありて……二八
時遅く……一六一
時長き……一六一
常磐木の……六三
遂げがたき……二三
遂げがたく……四一
どこの子の……五九
年かへる春……八一
年かへる日……一六八
年暮る、……一六八
年暮れて……一二六
としたけて 朝……二三三
年長けて 子……二三四
年たけてた……一六二
年玉は……四九
年どしに 暮し……一五二
年どしに 人……一六八
年どしの……二七三
歳の朝……一六八
年の夜の明くる……五〇
年の夜の雲……四八
年の夜の阪……四八

年の夜は……四九
年の夜……四八
年の夜を……四九
歳深き……二三六
年深く……一六八
年を経て……二二〇
外(と)つ海に……二三六
十年(ととせ)あまり七……三
十年あまり三……一七〇
十年へつ……七四
と丶のほれる……一九三
隣りびとらの……二四一
とび／＼に……二五八
とぼしかる……二二六
乏しきを……二三三
とまり行く……三四
「富久(とみきゅう)」の……五七
友多く……九六
ともしきに……一九二
ともしきは……二八〇
ともしびの見ゆる……七五
ともし火のも……二三二
友だちと……一八四
友だちの……一九三
友どちは……二五四
友なしに……一七
豊多摩の……五四
鳥けもの……二七二
とりとめも……二四五
鳥の声 遥か……一六
鳥の声ま……一五七
鶏の子の……一一
鳥のなく……一三九
鳥の海(み)の……一四三
鳥ひとつ……二七二
鳥屋の荷……一四六
とるすといの如く……二四六
とるすといの死……二四六
戸を出で丶……七一

な

『菜穂子』の後……二八四
長き日の……五五
ながき夜の……二一七
汝が心……三七
なか／＼に……一六七
ながらふる……一六四
泣きあぐる……九九
なき乳母が……二八九
啼き倦みて……一五
鳴き連れて……二五〇
なき人の……一〇八
亡き娘に……八六
鳴く鳥の……二五
なげきつ丶……二二八
梨畑の……二九〇
那智に来ぬ……六九

夏海の……一一七
なつかしき……七五
夏草の……一八一
夏ごろも……二七九
夏の日を……二六三
夏やけの……一七
夏山の青草……一三七
夏やまの朝……四一
七ぐさの……五〇
何ごとも……三九
汝(な)に説きて……一〇三
なにのために……二四三
なにゆゑの……一〇九
難波寺 阿弥陀……一四三
なには寺 堀江……一四四
なにはびと紙屋……二三三
浪花びと呆(ほ)……二三三
那覇の江に……一八一
並み木原……四四
波の音……一七二
波ゆたに……六九
なむあみだ……六一
楢(なら)の木の……五九
鳴りめぐる……二九三
なりはひに……一九〇
馴れつゝも……四六
名をしらぬ……六七
何の書も……一八四

に

二貫目の……一五二
二木(にき)の海……六八
賑はしき年……一六八
にぎはしき 港……一一六
にぎはしく……一四
にくし〳〵と……二九二
憎まれて……一八四
憎みがたき……三七
憎みつゝ……三六
憎めども……八九
二三尺……六六
二三人……五五
日本の古典……二五九
日本の浪……一八二
日本の春……二六五
日本のふ……二六五
日本のよ……二六〇
庭暑き……一四八
にはかなる……二九二
にはかにも……六九
庭草に……三七
庭土にあ……一三五
庭土に、桜……一二
にはとりの……六四
庭の木に……四四
庭の木の立ち……三三
庭の木の古葉(ふるば)……四〇

庭のくま……………………七二
庭の面(も)に………………七六
屋庭(にわ)後苑(はたけ)……一三五
庭も狭に……………………二〇五
人間の………………………一九〇
人間を………………………二八六

ぬ

額(ぬか)のうへに…………三八
ぬすびとに…………………二五一
ぬすびとの…………………二六五

ね

寝し夜らの…………………一〇一
鼠子の………………………五六
ねたる胸い…………………七六
臥(ね)たる胸し……………五七
寝つゝ我が…………………二四二
臥て後も……………………五〇

ねむ ゐんじゆ……………一三八
合歓(ねむ)の葉の…………二八
ねむり来て…………………一七八

の

軒ごもりに…………………一三
のどかなる隠者……………二五三
のどかなるう………………八六
のどかなる波………………二六三
のどかなる人………………二五六
のどかなる山………………二三九
のどかにも…………………二四一
のどけさの…………………二四五
野のをちを…………………四四
野は昼の……………………六二
のぼり来て…………………九〇
野も山も……………………二三三

は

墓石の………………………五九
はかなさは…………………一一五
萩が花………………………七四
羽咋(はくい)の海…………二一四
はしために…………………八一
榛(はしばみ)も……………一六〇
はじめより…………………四六
裸にて………………………二六三
はたく〳〵と………………七四
鰰(はたはた)の……………一五九
はつくさに…………………七三
はなしかの…………………二四四
はなしつゝ…………………二五一
母ありき……………………二四七
母なくて……………………二九三
母ゆゑに……………………二四七
はまなすの…………………一三五
浜の道………………………二一三
速吸(はやすい)の…………五二

はやりかぜに……二九
既（はや）壮（わか）き……二一七
はらから……二九三
はらからのか……三三
はらからの 一つ……一六二
はらからは……八七
はらだちて……八三
榛（はり）の木の……三六
春遅き……二三八
はるかなる……二四九
はるけき……三八
はるけく……五四
春寒の……二九一
春雨の……七五
はるしゃ菊……六六
春すでに……二二四
春に明けて……二七一
春のあらし……二一
春の風……二三八
春の日に……二三五
春の日のか……七一
春の日の け……一四三
春の日のた……一四四
春の日の七日 日ね……一八三
春の日の七日 暇……一八三
春の日は……一八三
春の夜の……二一
春既（はや）く……一三五
はる〴〵と……二八五
春深く……一三〇
春山の……一三五
はろ〴〵とな……一七三
はろ〴〵と船……二七八
はろ〴〵に 浮き……一三一
はろ〴〵に 湖（うみ）……九一
はろ〴〵に 聞き……一四七
はろ〴〵に澄み……一四二
はろ〴〵に 散り……一四一
はろ〴〵に 埃……四一
はろ〴〵に 見隠れ……一一
はろ〴〵の……一三七
半生を……二五八

ひ

ひえ〴〵と……二七三
光る湍（せ）の……二七
ひき窓の……三四
久しくは……二九
ひそかなる笑み……一七九
ひそかなる心……一九
ひそかの……一〇八
ひそやかに す……一四四
ひそやかに 蟬……一五六
ひそやかにぬ……七一
直面（ひたおもて）に……二三
ひたごゝろ……一五三
ひたすらに、荒……七三

ひたすらに命……二六一
ひたすらに霞む……一三六
ひたすらにな……八四
ひたすらに道……一八三
ひたすらに世……二四一
ひたすらの……一一九
ひた〳〵と……一六八
ひたぶるに磧(かわら)……一一一
ひたぶるにさ……一三九
ひたぶるに月……一八
ひたぶるに黙(もだ)……一六四
ひたぶるに物……一五六
人多く……二七八
人おとの……一一三
人拐(ひとかど)ひ……二五七
人来れば……一一
人こぞる……四九
人ごとの……二〇
一言を……三八
人知れぬ……一四五
人過ぎて……一〇六
ひと夏を……二七九
人なみに……二七一
人の言ふ……一一
人の師と……六六
人の住む……二六
人々の……一九三
人ほふる……一九一
人も馬も……一八
灯ともさぬ……二〇
ひと代然(しか)……二四六
ひとりある……一〇
ひとり居て……一九九
ひとり神我をおふし、
我が姉の……一五三
ひとり神我をおふし、
我が姉や……一五三
ひとりのみ……一一
ひと列に……一一三
人われも……一九七
鄙びたる……二七七
日に五たびの……一五七
ひねもす磯……一三六
日ねもすす……一六七
日のあたり……一三四
日のうちに……一四〇
灯(ひ)のしたに……三七
灯のつきて……一一五
日の照りの……四一
日のゝちを……四三
日の光り……六一
火の峰の……四一
灯のもとに……一五七
ひのもとの……二二二
日のゆふべ……一三五
日は天頂(つじ)に……一七六
日々出でゝ……一九〇

日々感ずる……二六〇
ひやゝけき……七二
日向の海……九四
雹ふりて……一〇五
昼遅く……一七六
ひるがほの……一四
昼さめて こ……四六
昼さめて 障子……一五八
昼とほく……一四八
ひるのほど……二三二
昼早く……九二
ひろ〲と荒草……二八二
ひろ〲と 空……一七八
枇杷青き……二八九
日を逐ひてき……二三四
日を逐ひて 沍寒（ごかん）……二六〇

ふ

深ぶかと雨……二五〇
深々と 霧……二六八
深ぶかと 林……一八五
ふか〲と 柩……九一
深々と 山……一三三
吹き過ぐる……一三六
更けて戻る……五五
富士の雪……一八〇
ふたゝびは……一一五
二七日（ふたなのか）……三三
二人ある……六三
ふとさめて……二八九
太ぶとゝ 腹……二五六
太ぶとゝ 梁（はり）……一六三
船べりに……一二
船まどの……一三一
ふみの上に……九三
踏みわたる……三六
冬あたゝかく……一六三
冬がれの……七六
冬ぐさの……七四
冬の雨……二六九
冬山に……一二六
降りしむる……二八〇
ふるき人 か……二三九
ふるき人 み……一三
古き代の……一九二
ふるさとの大阪……二七一
ふるさとの母……二五八
ふるさとの町……二九
ふるさとのや……二一八
ふるさとは……二九
古庭と……三二
ふるびとの……二三二
ふる雪の……一六九
ふろしきに……四八

へ

兵隊に……一一六

兵隊の……二一六
へつらひを……一七五

ほ

ほい駕籠を……一三〇
ほうとつく……七八
ほがらなる……二〇
ほがらに……三
星満ちて……三一
ぼた脚を……二三六
榾(ほだ)の火は……一三四
ほと〳〵と……二五九
ほと〳〵に……一〇三
ほのかなる……一〇四
ほの〴〵と 朝……一四八
ほの〴〵と 狐……二七二
ほの〴〵と 心……一三九
頬赤き……二〇一
ほれ〴〵と人……六三
呆れ〴〵と 林檎……二三五
亡びなき……二六七
盆荒れの……一三七

ま

牧に追ふ……七八
枕べの……三四
まことある……一〇〇
まさをなる……二八〇
まさびしく……六三
まづしさの……二一〇
まづしさは……一四九
まづしりし……二九一
ますらをの……八九
ますら雄は……二五五
待ちがたく……三八
町中に……三
町なかの煤……三一
町なかの寺……一四四
街のはて……五四
町びとの家……二五八
町びとの生(よ)の……二五八
町をゆく……七一
松の風……二一三
松一木……一八六
松山に……一五一
まどゐする……一四五
窓のしたに……四五
窓の外は、あ……五一
窓の外は 師走……五二
眉間(まなかい)に……五一
眉間の……二四九
まのあたり……五八
真野の宮……二三九
ま裸に……二三七
ま昼の照りき……五三
ま昼の照りみ……五三
ま昼日の……五四

まふらあを……二三五
まれに来て……一一三
まれびとも……二三二
まれ〱に……一〇八
まれ〱は……三三
茨田野（まんだの）の……四〇

み

見えわたる……一二二
水脈（みお）ほそる……一三
見おろせば……三三
幹だちの……四四
みぎはに……三三
水桶に……一九
水の面（おも）の暗き……三三
水のおもの深き……三三
晦日夜の……二一〇
霙霽（みぞれは）れて……一五九
霙ふる……六二
道とほく……二三三
道なかに、明り……一二三
道なかに、御幣（おんべ）……五〇
道なかに 花……三一
道なかは……二〇
道に死ぬる……一八
道のうへ……六三
道のうへに……四五
みちのくの 幾重……一三九
みちのくの 九ノ戸の町
　に……一四〇
みちのくの 九ノ戸の町
　の……一四〇
みちのくの十三湊……一五八
道の霜……一六〇
道のべに 花……二四九
道のべにひ……二六五
道のべに笑ふ……二三二
道のべの 救世軍……一九〇
道の辺の広葉……五三
道を来て……一三四
道を行く……六一
緑濃き……一一六
緑葉の……四二
みなぎらふ……一〇八
水底に……二八
水無月の……一六四
醜さの……二七六
峰々に……一〇五
見のかぎり……一一二
見のさびし……七六
めう〱と……五六
見るふみも……一四九
見る〱に……二三四
三輪の山……一三三
南（みんなみ）に……二三五
南の硫黄が島に……二七五
みむなみの硫黄が島ゆ……二三四

南の支那……二〇三
みんなみの遠き島べ……二三〇
みむなみの遠き島よ……二三五
南の波……一八〇
南の洋(わた)……一九八

む

向(むか)つ丘(お)の……二五九
むぎうらし……一三
麦うらしの……一三
麦かちて……四四
麦の原の……四五
麦芽たつ……四七
むさし野は……七七
貪りて……二八〇
娘子の……二二五
睦月立つ 驕る……二〇六
睦月立つ 戦ひゞとのう……二〇六
睦月たつ た、かひゞとの還り……二〇七
むつきたつ 戦ひ人は……二〇六
むつき立つ 春……二〇六
群りて……一九一
村口に……一八二
村寺の……一八九
村なかに……一六〇
村の子は、大き……一〇六
村の子は、女夫(めお)……五一
村の藪……一八〇
村々の……一五九
村山の草……一六七
邑山の松……一八
村童……一〇六
無力なる……二五四
牟妻(むろ)の温泉(ゆ)の……七三

め

明治十八年の……二五七
めぐりつ、……一三六
目ざめ来る……二三六
目ざめつ、……二六
目のかぎり……一三
目の下に 飛鳥……一八八
目の下に お……五四
目の下に た……一二七
目の下の……四五
目ふさげど……二九一
目ふたげば……六一
めら〱……二八五
目をわたる……七六

も

最上川……一四二
黙行(もだゆ)く……一一五
故(もと)つびと……四六
戻り来て……四八
もの言ひて……四一

もの言ひの……二
もの言はぬ……一〇
物音のあ……二三〇
もの音のた……二一七
ものおもひなく……二五三
ものくるゝ……一五六
もの知らぬ……一〇一
物部（もののふ）の……二〇四
物喰みの……八二
物喰めば……一一四
物見れば……八一
物ら喰ひ……八一
もの忘れをして……五〇
森深き……四二
森ふかく……五八
諸県（もろがた）の……四三

や

焼津野の……一八六
焼き畑の……四二
焼け原に……二二八
焼けはらの……四四
休み日の……一〇九
やすらなる……一三三
やせ〳〵て……六五
瘦々と……一九三
耶蘇誕生会の……二七三
八年（やとせ）まで……一〇二
やどりする……一七七
雇はれ来て……四七
屋の上は……三六
籔出でゝ……二八九
籔原に……六八
籔原の……六二
山おろしの……一四五
山峡（やまかい）の一……一八二
山峡の激（たぎ）ち……一八
山峡の残雪（はだれ）……一三一
山かげの……九〇
山かげは……一六八
山川のたぎちに……八八
山川のたぎちを……八七
山川の満ち……八七
山がはの澱（よど）……一〇五
山岸に……一〇
山岸の葛……四五
山岸の高処（たかど）……九〇
山ぎはの……二八二
山ぐちの……一九
山くらく……一八一
山小屋は……一五七
山里の薄（すすき）……一六三
山里の　隣り……一四〇
山里の人……九一
山里の古家……九一
山里は　桜……二〇四
山里は　年……一四〇

山路来て……一二五
山下に……四三
山菅の……一七三
山底に……一八三
山寺の……一八〇
山なかに 家……一八五
山なかに、悸(いさどお)り……二〇
山中に来入り……一四八
山中に 汽車……一八四
山中に今日……一四
山中に過さむ……二八〇
山なかに 猫……二〇三
山中の……一四七
山なかは 喰ふ……一五七
山中は 月……一五
山なかは 賑は……一三九
山中ゆ……一五一
山なれば……一〇六
山に臥す……一八六
山の石……七四
山のいぬ……一九一
山のうへに……二〇
山の木に……二五三
山の木根……一二四
山の霧……一五
山の子は……四三
山の蜾蠃(すがる)の……一七〇
山の田に……一八八
山のひだ……七五
山の秀(ほ)の……一八二
山の際(ま)の……一〇
山の村に……一六七
山の夜に……一三三
山原に来あふ……一三八
山原にな……一三三
山原の麻生(おふ)……七五
山原の茅原(ちふ)……四三
山びとの 言ひ……一三三
山びとの市……一七一
山びとの嗜(たし)む……二六八
山人の山……一七一
山びとの 徹宵(よいと)……一二四
山びとは、歓び……一三三
山びとは、轆(ろく)……一七
山深きあ……一五
山深き家……一四〇
山深きこ……一三三
山深くこ……二〇
山深くね……二七九
山深くわ……二〇
山懐(やまほど)の……一二五
山道に……一八
山道の……二八〇
山めぐり……六八
山々を……一六
闇に声……六七
病み臥して……九九

闇夜の……二三
病む母の……五二
やりばなき……二六二
やはらかに足（たろ）ふ……二三六
やはらかに睡り……二三六

ゆ

ゆふあへの……五六
夕かげに……八七
夕空に……二一八
夕闌（た）けて……五三
ゆふだちの……四四
夕づく日……七七
夕波の……七〇
優なりし……二二四
夕ふかく……八八
夕まけて……一五一
夕山路……七八
雪しろの……二八六
雪すでに……二一四
行きずりの……一二
ゆきつきて……一九
行きつゝも……一三四
行きとほる……三一
雪のこる……三六
雪の日に……一九二
雪の降る……二七八
雪の山……二七七
雪はるゝ……二三七
雪ふみて……一三三
雪ふりて昏るゝ……七二
雪ふりて 牡丹……一六二
雪間に……三五
ゆき行きて……一〇
雪を払ひ……一七五
逝くものは疑ひ……一六九
ゆくものは つ……二一四
ゆくりなき……二〇〇
ゆくりなく……二三七
湯気ごもり……一五一
温泉（ゆ）の上に……五三
湯のそとに……四九
湯の村は……一七〇
湯の山に……一三三
寛恕（ゆるし）なき……三九
ゆるせ声は……二八九

よ

宵あさく……三一
宵早く……一四五
酔ひ深く……二六八
やうやくに……一一九
酔へば 心……一一三
よき家に……一五〇
よき衣（きぬ）を……一三〇
よき恋を……二八四
よき司……三九

よき年の……二七一
よき母も……一四五
横浜の……二三〇
四たり子は……二九二
夜なかまで……三九
世にあれば……一九三
夜(よ)に入りて……一八九
夜のくだち……一五四
世の相(さが)に……一〇三
世の澆季(すえ)の……一〇四
夜の空の……二八一
平凡(よのつね)の……一〇一
世の人の……一八六
よべ暑く……一四八
昨夜(よべ)酔ひて……二四一
夜まつりに……二三三
夜まつりの……二三三
夜まつりは……二三五
夜目しろく……六四
夜もすがら……二六〇
夜(よる)の町に……三一
夜ふかく 薬……一八九
夜ふかく ほ……二三五
よろこびて さ……三〇
よろこびて 消毒……四七
夜を徹(こ)めて……一六三
夜をとほし……一八九

り

陸橋の……五一
硫気噴く……二七五
諒闇(りょうあん)に……一〇〇
良寛堂に……二三八
両国の……七一
隣国の……一八五

る

累々と……二七〇

ろ

艫をおして……二六八

わ

わがあとに 歩み……一〇
わがあとに 来し……一〇三
わが兄の……二四六
わが姉の……八六
わが家居……二一九
わが家に……一五四
わがいへの 族(うから)……二八五
わが家のく……一〇二
わが家のひ……四〇
わが怒りに……二八三
わが居る……一〇七
わがうたげ……二五四
わがゝづく……七七
わが来たり……一七五

若き時　遊び……………………一七八
若き時　旅路……………………三〇
若き時　人……………………一七七
わが衣（きぬ）の……………………一七七
若き人のを……………………二四〇
若き人のひ……………………二一九
若き人のむ……………………二六一
わかき日の……………………二四六
若き日を……………………二〇五
若き代の……………………二四五
若くして……………………九四
わが国の……………………二六三
若げなる……………………三三
若ければ……………………二一
わが恋を……………………七七
わが心お……………………二〇三
我が心　虐（さきな）み……………………二二七
我が心の……………………二五七
わが心　む……………………九五
わが如く……………………一四四
わが子らの……………………二三八
わが子らは……………………六五
わが性（さが）の……………………八九
わがさかり……………………七七
わが知れる……………………二五二
わがせどに……………………三四
わが為は……………………二五〇
わが父の声……………………一八五
我が父の持てる……………………二四七
わがともがら……………………七三
わが友の伊波（いふぁ）……………………二五一
わが友のいま……………………九〇
わが友は……………………二〇五
我が友を……………………二五二
わがねむる……………………六三
我が呑まむ……………………二一五
わが乗るや……………………六九
わが肌に……………………二一九
わが母の……………………二四七
わが腹の……………………六〇
わが雲雀……………………六五
わが部屋に……………………四九
わが帆なる……………………六九
我が本を……………………一九二
若松の……………………一三
わが御叔母（みおば）……………………二二五
我が耳は……………………一七〇
わが黙（もだ）す……………………三七
若者の……………………二四一
わかやかに……………………六七
わが病ひ……………………六六
わが齢（よわい）……………………二六九
わが若さ……………………二七七
忘れつゝ……………………一四一
わたつみの豊はた雲……………………六七
わたつみの響き……………………一一二
わたつみのゆ……………………六九

洋中(わたなか)に……一八一
洋なかの島に越え……二二五
洋なかの島にた……二三〇
わたなかの島にと……二四三
わたの風……一一三
わらはべの……一一七
われ今は……二八五
我つひにこ……二〇八
我つひに遂げ……二八二
我どちに……二四七
われに言ふ……一一三
われの家に……四〇
我はやく……一八九
我ひとり出でゐ……二〇三
われひとり出でゝ……二七三
我ひとり起ち……二五〇
我よりも残り……二七六
我よりもまづしき家……一八三
我よりもまづしき人……一四九

〔編集付記〕

本書の底本には、中央公論社版『折口信夫全集』第二十四巻・第二十五巻(一九九七年)を用いた。但し、「短歌拾遺」の「明治三十九年」の五首については、『仏教青年』第三巻第一号(仏教青年社、一九〇六年)に依った。

原則として、漢字は新字体に変更し、適宜読み仮名を加えたが、仮名遣いには手を加えず底本のましたとした。

(岩波文庫編集部)

釈迢空歌集《しゃくちょうくうかしゅう》

2010年7月16日　第1刷発行
2024年7月26日　第4刷発行

作　者　折口信夫《おりくちしのぶ》

編　者　富岡多恵子《とみおかたえこ》

発行者　坂本政謙

発行所　株式会社 岩波書店
〒101-8002 東京都千代田区一ツ橋 2-5-5

案内 03-5210-4000　営業部 03-5210-4111
文庫編集部 03-5210-4051
https://www.iwanami.co.jp/

印刷・理想社　カバー・精興社　製本・松岳社

ISBN 978-4-00-311863-4　　Printed in Japan

読書子に寄す

——岩波文庫発刊に際して——

岩波茂雄

真理は万人によって求められることを自ら欲し、芸術は万人によって愛されることを自ら望む。かつては民を愚昧ならしめるために学芸が最も狭き堂宇に閉鎖されたことがあった。今や知識と美とを特権階級の独占より奪い返すことはつねに進取的なる民衆の切実なる要求である。岩波文庫はこの要求に応じそれに励まされて生まれた。それは生命ある不朽の書を少数者の書斎と研究室とより解放して街頭にくまなく立たしめ民衆に伍せしめるであろう。近時大量生産予約出版の流行を見る。その広告宣伝の狂態はしばらくおくも、後代にのこすと誇称する全集がその編集に万全の用意をなしたるか。千古の典籍の翻訳企図に敬虔の態度を欠かざりしか。さらに分売を許さず読者を繫縛して数十冊を強うるがごとき、はたしてその揚言する学芸解放のゆえんなりや。吾人は天下の名士の声に和してこれを推挙するに躊躇するものである。このときにあたって、岩波書店は自己の責務のいよいよ重大なるを思い、従来の方針の徹底を期するため、すでに十数年以前より志して来た計画を慎重審議この際断然実行することにした。吾人は範をかのレクラム文庫にとり、古今東西にわたって文芸・哲学・社会科学・自然科学等種類のいかんを問わず、いやしくも万人の必読すべき真に古典的価値ある書をきわめて簡易なる形式において逐次刊行し、あらゆる人間に須要なる生活向上の資料、生活批判の原理を提供せんと欲する。この文庫は予約出版の方法を排したるがゆえに、読者は自己の欲する時に自己の欲する書物を各個に自由に選択することができる。携帯に便にして価格の低きを最主とするがゆえに、外観を顧みざるも内容に至っては厳選最も力を尽くし、従来の岩波出版物の特色をますます発揮せしめようとする。この計画たるや世間の一時の投機的なるものと異なり、永遠の事業として吾人は微力を傾倒し、あらゆる犠牲を忍んで今後永久に継続発展せしめ、もって文庫の使命を遺憾なく果たさしめることを期する。芸術を愛し知識を求むる士の自ら進んでこの挙に参加し、希望と忠言とを寄せられることは吾人の熱望するところである。その性質上経済的には最も困難多きこの事業にあえて当たらんとする吾人の志を諒として、その達成のため世の読書子とのうるわしき共同を期待する。

昭和二年七月

《日本文学(現代)》〔緑〕

怪談 牡丹燈籠　三遊亭円朝
小説神髄　坪内逍遥
当世書生気質　坪内逍遥
アンデルセン 即興詩人 全二冊　森鷗外訳
ウィタ・セクスアリス　森鷗外
青年　森鷗外
雁　森鷗外
阿部一族 他二篇　森鷗外
山椒大夫・高瀬舟 他四篇　森鷗外
渋江抽斎　森鷗外
舞姫・うたかたの記 他三篇　森鷗外
鷗外随筆集　千葉俊二編
大塩平八郎 他三篇　森鷗外
浮雲　二葉亭四迷 十川信介校注
野菊の墓 他四篇　伊藤左千夫
吾輩は猫である　夏目漱石

坊っちゃん　夏目漱石
草枕　夏目漱石
虞美人草　夏目漱石
三四郎　夏目漱石
それから　夏目漱石
門　夏目漱石
彼岸過迄　夏目漱石
漱石文芸論集　磯田光一編
行人　夏目漱石
こころ　夏目漱石
硝子戸の中　夏目漱石
道草　夏目漱石
明暗　夏目漱石
思い出す事など 他七篇　夏目漱石
文学評論 全二冊　夏目漱石
夢十夜 他二篇　夏目漱石
漱石文明論集　三好行雄編

倫敦塔・幻影の盾 他五篇　夏目漱石
漱石日記　平岡敏夫編
漱石書簡集　三好行雄編
漱石俳句集　坪内稔典編
漱石・子規往復書簡集　和田茂樹編
文学論 全二冊　夏目漱石
坑夫　夏目漱石
二百十日・野分　夏目漱石
五重塔　幸田露伴
努力論　幸田露伴
一国の首都 他一篇　幸田露伴
渋沢栄一伝　幸田露伴
飯待つ間 —正岡子規随筆選　正岡子規 阿部昭編
子規句集　高浜虚子選
病牀六尺　正岡子規
子規歌集　土屋文明編
墨汁一滴　正岡子規

仰臥漫録　正岡子規
歌よみに与ふる書　正岡子規
獺祭書屋俳話・芭蕉雑談　正岡子規
子規紀行文集　復本一郎編
正岡子規ベースボール文集　復本一郎編
金色夜叉 全二冊　尾崎紅葉
不如帰　徳冨蘆花
武蔵野　国木田独歩
愛弟通信　国木田独歩
蒲団・一兵卒　田山花袋
田舎教師　田山花袋
一兵卒の銃殺　田山花袋
あらくれ・新世帯　徳田秋声
藤村詩抄　島崎藤村自選
破戒　島崎藤村
春　島崎藤村
桜の実の熟する時　島崎藤村

夜明け前 全四冊　島崎藤村
藤村文明論集　十川信介編
生ひ立ちの記 他一篇　島崎藤村
島崎藤村短篇集　大木志門編
にごりえ・たけくらべ　樋口一葉
大つごもり・十三夜 他五篇　樋口一葉
修禅寺物語 正雪の二代目 他四篇　岡本綺堂
高野聖・眉かくしの霊　泉鏡花
歌行燈　泉鏡花
夜叉ケ池・天守物語　泉鏡花
草迷宮　泉鏡花
春昼・春昼後刻　泉鏡花
鏡花短篇集　川村二郎編
外科室・海城発電 他五篇　泉鏡花
鏡花随筆集　吉田昌志編
化鳥・三尺角 他六篇　泉鏡花
鏡花紀行文集　田中励儀編

俳句はかく解しかく味う　高浜虚子
俳句への道　高浜虚子
回想 子規・漱石　高浜虚子
有明詩抄　蒲原有明
上田敏全訳詩集　山内義雄・矢野峰人編
宣言　有島武郎
一房の葡萄 他四篇　有島武郎
寺田寅彦随筆集 全五冊　小宮豊隆編
柿の種　寺田寅彦
与謝野晶子歌集　与謝野晶子自選
与謝野晶子評論集　鹿野政直・香内信子編
私の生い立ち　与謝野晶子
つゆのあとさき　永井荷風
濹東綺譚　永井荷風
荷風随筆集 全二冊　野口冨士男編
摘録 断腸亭日乗 全二冊　永井荷風・磯田光一編
すみだ川・新橋夜話 他一篇　永井荷風

あめりか物語　永井荷風
下谷叢話　永井荷風
ふらんす物語　永井荷風
荷風俳句集　加藤郁乎編
浮沈・踊子 他三篇　永井荷風
花火・来訪者 他十一篇　永井荷風
問はずがたり・吾妻橋 他十六篇　永井荷風
斎藤茂吉歌集　山口茂吉・柴生田稔・佐藤佐太郎編
千鳥 他四篇　鈴木三重吉
鈴木三重吉童話集　勝尾金弥編
小僧の神様 他十篇　志賀直哉
暗夜行路 全二冊　志賀直哉
志賀直哉随筆集　高橋英夫編
高村光太郎詩集　高村光太郎
北原白秋歌集　高野公彦編
北原白秋詩集 全二冊　安藤元雄編
フレップ・トリップ　北原白秋

野上弥生子随筆集　竹西寛子編
野上弥生子短篇集　加賀乙彦編
お目出たき人・世間知らず　武者小路実篤
友情　武者小路実篤
銀の匙　中勘助
若山牧水歌集　伊藤一彦編
新編 みなかみ紀行　若山牧水・池内紀編
新編 啄木歌集　久保田正文編
吉野葛・蘆刈　谷崎潤一郎
卍（まんじ）　谷崎潤一郎
谷崎潤一郎随筆集　篠田一士編
多情仏心 全二冊　里見弴
道元禅師の話　里見弴
今年竹 全二冊　里見弴
萩原朔太郎詩集　三好達治選
郷愁の詩人 与謝蕪村　萩原朔太郎
猫町 他十七篇　萩原朔太郎・清岡卓行編

恋愛名歌集　萩原朔太郎
恩讐の彼方に・忠直卿行状記 他八篇　菊池寛
父帰る・藤十郎の恋 菊池寛戯曲集　石割透編
河明り 老妓抄 他一篇　岡本かの子
春泥・花冷え　久保田万太郎
大寺学校 ゆく年　久保田万太郎
久保田万太郎俳句集　恩田侑布子編
室生犀星詩集　室生犀星自選
犀星王朝小品集　室生犀星
室生犀星俳句集　岸本尚毅編
出家とその弟子　倉田百三
羅生門・鼻・芋粥・偸盗　芥川竜之介
地獄変・邪宗門・好色・藪の中 他七篇　芥川竜之介
河童 他二篇　芥川竜之介
歯車 他二篇　芥川竜之介
蜘蛛の糸・杜子春・トロッコ 他十七篇　芥川竜之介
侏儒の言葉・文芸的な、余りに文芸的な　芥川竜之介

芥川竜之介書簡集　石割透編
芥川竜之介随筆集　石割透編
蜜柑・尾生の信 他十八篇　芥川竜之介
年末の一日・浅草公園 他十七篇　芥川竜之介
芥川竜之介紀行文集　山田俊治編
田園の憂鬱　佐藤春夫
海に生くる人々　葉山嘉樹
葉山嘉樹短篇集　道籏泰三編
日輪・春は馬車に乗って 他八篇　横光利一
宮沢賢治詩集　谷川徹三編
童話集 風の又三郎 他十八篇　宮沢賢治 谷川徹三編
童話集 銀河鉄道の夜 他十四篇　宮沢賢治 谷川徹三編
山椒魚・遙拝隊長 他七篇　井伏鱒二
川釣り　井伏鱒二
井伏鱒二全詩集　井伏鱒二
太陽のない街　徳永直
黒島伝治作品集　紅野謙介編

伊豆の踊子・温泉宿 他四篇　川端康成
雪国　川端康成
山の音　川端康成
川端康成随筆集　川西政明編
三好達治詩集　桑原武夫 大槻鉄男選
詩を読む人のために　三好達治
中野重治詩集　中野重治
夏目漱石 全二冊　小宮豊隆
新編 思い出す人々　内田魯庵 紅野敏郎編
檸檬《レモン》・冬の日 他九篇　梶井基次郎
蟹工船・一九二八・三・一五　小林多喜二
富嶽百景・走れメロス 他八篇　太宰治
斜陽 他一篇　太宰治
人間失格・グッド・バイ 他一篇　太宰治
津軽　太宰治
お伽草紙・新釈諸国噺　太宰治
右大臣実朝 他一篇　太宰治

真空地帯　野間宏
日本唱歌集　堀内敬三 井上武士編
日本童謡集　与田準一編
森鷗外　石川淳
至福千年　石川淳
小林秀雄初期文芸論集　小林秀雄
近代日本人の発想の諸形式 他四篇　伊藤整
小説の認識　伊藤整
中原中也詩集　大岡昇平編
ランボオ詩集　中原中也訳
晩年の父　小堀杏奴
小熊秀雄詩集　岩田宏編
夕鶴・彦市ばなし 他二篇 ―木下順二戯曲選II―　木下順二
元禄忠臣蔵 全二冊　真山青果
随筆滝沢馬琴　真山青果
旧聞日本橋　長谷川時雨
みそっかす　幸田文

古句を観る　柴田宵曲
俳諧随筆 蕉門の人々　柴田宵曲
新編 俳諧博物誌　柴田宵曲　小出昌洋編
随筆集 団扇の画　柴田宵曲　小出昌洋編
子規居士の周囲　柴田宵曲
小説集 夏の花　原民喜
原民喜全詩集
いちご姫・蝴蝶 他二篇　山田美妙　十川信介校訂
銀座復興 他三篇　水上滝太郎
魔風恋風 全二冊　小杉天外
柳橋新誌　成島柳北　塩田良平校訂
幕末維新パリ見聞記 成島柳北「航西日乗」・栗本鋤雲「暁窓追録」　井田進也校注
野火／ハムレット日記　大岡昇平
中谷宇吉郎随筆集　樋口敬二編
雪　中谷宇吉郎
冥途・旅順入城式　内田百閒
東京日記 他六篇　内田百閒

西脇順三郎詩集　那珂太郎編
大手拓次詩集　原子朗編
評論集 滅亡について 他三十篇　武田泰淳　川西政明編
山岳紀行文集 日本アルプス　小島烏水　近藤信行編
雪中梅　末広鉄腸　小林智賀平校訂
新編 東京繁昌記　木村荘八　尾崎秀樹編
新編 山と渓谷　田部重治　近藤信行編
日本児童文学名作集 全二冊　桑原三郎　千葉俊二編
山月記・李陵 他九篇　中島敦
眼中の人　小島政二郎
新選 山のパンセ　串田孫一自選
小川未明童話集　桑原三郎編
新美南吉童話集　千葉俊二編
岸田劉生随筆集　酒井忠康編
摘録 劉生日記　岸田劉生　酒井忠康編
量子力学と私　朝永振一郎　江沢洋編
書物　森銑三　柴田宵曲

自註鹿鳴集　会津八一
窪田空穂随筆集　大岡信編
窪田空穂歌集　大岡信編
奴隷 —小説・女工哀史1　細井和喜蔵
工場 —小説・女工哀史2　細井和喜蔵
鷗外の思い出　小金井喜美子
森鷗外の系族　小金井喜美子
木下利玄全歌集　五島茂編
新編 学問の曲り角　河野与一　原二郎編
林芙美子紀行集 下駄で歩いた巴里　立松和平編
放浪記　林芙美子
山の旅 全二冊　近藤信行編
酒道楽　村井弦斎
文楽の研究 全二冊　三宅周太郎
五足の靴　五人づれ
尾崎放哉句集　池内紀編
リルケ詩抄　茅野蕭々訳

- ぷえるとりこ日記　有吉佐和子
- 江戸川乱歩短篇集　千葉俊二編
- 怪人二十面相・青銅の魔人　江戸川乱歩
- 少年探偵団・超人ニコラ　江戸川乱歩
- 江戸川乱歩作品集 全三冊　浜田雄介編
- 堕落論・日本文化私観 他二十二篇　坂口安吾
- 桜の森の満開の下・白痴 他十二篇　坂口安吾
- 風と光と二十の私と・いずこへ 他十六篇　坂口安吾
- 久生十蘭短篇選　川崎賢子編
- 墓地展望亭・ハムレット 他六篇　久生十蘭
- 六白金星・可能性の文学 他十一篇　織田作之助
- 夫婦善哉 正続 他十二篇　織田作之助
- わが町・青春の逆説　織田作之助
- 歌の話・歌の円寂する時 他一篇　折口信夫
- 死者の書・口ぶえ　折口信夫
- 汗血千里の駒 坂本龍馬君之伝　坂崎紫瀾 林原純生校注
- 日本近代短篇小説選 全六冊　紅野敏郎・紅野謙介・千葉俊二・宗像和重・山田俊治編

- 自選 谷川俊太郎詩集
- 訳詩集 白孔雀　西條八十訳
- 茨木のり子詩集　谷川俊太郎選
- 大江健三郎自選短篇
- M/Tと森のフシギの物語　大江健三郎
- キルプの軍団　大江健三郎
- 石垣りん詩集　伊藤比呂美編
- 漱石追想　十川信介編
- 荷風追想　多田蔵人編
- 鷗外追想　宗像和重編
- 自選 大岡信詩集
- うたげと孤心　大岡信
- 日本の詩歌 その骨組みと素肌　大岡信
- 詩人・菅原道真 ―うつしの美学　大岡信
- 日本近代随筆選 全三冊　千葉俊二・長谷川郁夫・宗像和重編
- 尾崎士郎短篇集　紅野謙介編
- 山之口貘詩集　高良勉編

- 原爆詩集　峠三吉
- 竹久夢二詩画集　石川桂子編
- まど・みちお詩集　谷川俊太郎編
- 山頭火俳句集　夏石番矢編
- 二十四の瞳　壺井栄
- 幕末の江戸風俗　塚原渋柿園 菊池眞一編
- けものたちは故郷をめざす　安部公房
- 詩の誕生　大岡信 谷川俊太郎
- 鹿児島戦争記 ―実録 西南戦争　篠田仙果 松本常彦校注
- 東京百年物語 一八六八〜一九〇九 全三冊　ロバート・キャンベル 十重田裕一 宗像和重編
- 三島由紀夫紀行文集　佐藤秀明編
- 若人よ蘇れ・黒蜥蜴 他一篇　三島由紀夫
- 三島由紀夫スポーツ論集　佐藤秀明編
- 吉野弘詩集　小池昌代編
- 開高健短篇選　大岡玲編
- 破れた繭 耳の物語1　開高健
- 夜と陽炎 耳の物語2　開高健

岩波文庫の最新刊

カント著／大橋容一郎訳

道徳形而上学の基礎づけ

カント哲学の導入にして近代倫理の基本書。人間の道徳性や善悪、正義と意志、義務と自由、人格と尊厳などを考える上で必須の手引きである。新訳。

〔青六二五－一〕 **定価八五八円**

カント著／宮村悠介訳

人倫の形而上学

第二部　徳論の形而上学的原理

カント最晩年の、「自由」の「体系」をめぐる大著の新訳。第二部では「道徳性」を主題とする。『人倫の形而上学』全体に関する充実した解説も付す。（全二冊）

〔青六二六－五〕 **定価一二七六円**

高浜虚子著／岸本尚毅編

新編 虚子自伝

高浜虚子（一八七四－一九五九）の自伝。青壮年時代の活動、郷里、子規や漱石との交遊歴を語り掛けるように回想する。近代俳句の巨人の素顔にふれる。

〔緑二八－一二〕 **定価一〇〇一円**

末永高康訳注

孝経・曾子

『孝経』は孔子がその高弟曾子《そうし》に「孝」を説いた書。儒家の経典の一つとして、『論語』とともに長く読み継がれた。曾子学派による師の語録『曾子』を併収。

〔青二一一－一〕 **定価九三五円**

……今月の重版再開……

久保田淳校注

千載和歌集

定価一三五三円
〔黄一三二－一〕

南原繁著

国家と宗教
―ヨーロッパ精神史の研究―

定価一三五三円
〔青一六七－二〕

岩波文庫の最新刊

ゲルツェン著／金子幸彦・長縄光男訳

過去と思索 (一)

人間の自由と尊厳の旗を掲げてロシアから西欧へと駆け抜けたゲルツェン(一八一二―一八七〇)。亡命者の壮烈な人生の幕が今開く。自伝文学の最高峰。(全七冊)

〔青N六一〇-二〕 定価一五〇七円

ゲルツェン著／金子幸彦・長縄光男訳

過去と思索 (二)

逮捕されたゲルツェンは、五年にわたる流刑生活を余儀なくされた。「シベリアは新しい国だ。独特なアメリカだ」。二十代の青年は何を経験したのか。(全七冊)

〔青N六一〇-三〕 定価一五〇七円

復本一郎編

正岡子規スケッチ帖

子規の絵は味わいある描きぶりの奥に気魄が宿る。最晩年に描かれた画帖『菓物帖』『草花帖』『玩具帖』をフルカラーで収録する。子規の画論を併載。

〔緑一三-一四〕 定価九二四円

ハインリヒ・マン作／今井 敦訳

ウンラート教授
あるいは一暴君の末路

酒場の歌姫の虜となり転落してゆく「ウンラート(汚物)教授」を通して、帝国社会を諧謔的に描き出す。マレーネ・ディートリヒ出演の映画『嘆きの天使』原作。

〔赤四七四-一〕 定価一二二一円

……今月の重版再開……

揖斐 高訳注

頼山陽詩選

定価一一五五円 〔黄二三一-五〕

魯迅作／竹内 好訳

野草

定価五五〇円 〔赤二五-一〕